領民0人スタートの辺境領主様

風楼

Illustration キンタ

VI

蒼穹の狩人

contents

The population of the frontier
owner starts with 0

草原開拓記名鑑

ディアス

ネッツロース改め、
メーアバダル領の領主

アルナー

ディアスの妻となった
鬼人族の娘

クラウス

犬人族のカニスを
妻に持つ領兵長

セナイとアイハン

神秘の力を持つ森人族の
双子の少女たち

エルダン

メーアバダル領隣の
領主で亜人とのハーフ

エイマ

大耳跳び鼠人族。
村の教育係兼参謀

エリー

ディアスの下に
訪れた彼の育て子

ゾルグ

鬼人族族長候補の青年。
アルナーの兄

ジュウハ

エルダンに雇われた
ディアスの元戦友

ナルバント

鍛冶を得意とする
洞人族の老人

ヒューバート

元宮仕えで、ディアスに
仕えることになった内政官

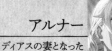

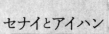

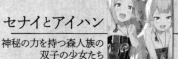

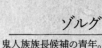

エイマのレポート

領民：125人→129人

【辺境の領主】ディアス達は厳しい冬に備えた準備を行いつつ、
フランソワと犬人達の出産を支え、全員無事に出産を終えることが出来た。

【森人族の双子】セナイとアイハンが森で【洞人族の老人】と出会う。
【洞人族の老人】ナルバントとその妻オーミュン、息子のサナトは、
ナルバントの祖先と人間族の誰かが交わした約定を守るため領民に加わる。
ナルバント達が作った地機織り機によりメーア布の生産性が上がり、
エリーのデザインによるディアス達の冬服が完成した。

雪原にて、ディアスと犬人達がモンスターに襲われている野生のメーア2頭を保護。
時を同じくして、【鬼人族の少女】アルナーは行き倒れていた
【忠義に厚い文官】ヒューバートを保護。内政官として、ディアスに仕えることになった。
とっても仕事熱心なヒューバートさんが来てくれたおかげで、
ボクやエリーさんの仕事も手伝ってもらえて、すっごく助かってます！
ヒューバートさんに負けないように、ボクも頑張らないと！

村に強大なモンスター、フレイムドラゴンが襲来。
領民全員が力を合わせて協力し、大きな被害を負うことなく撃退した。
領民たちと手を取り合い、支え合いながら冬を乗り越えた領主様。次なる物語は——

メーアバダル領イルク村の施設一覧

【ユルト】【倉庫】【厠】【井戸】【飼育小屋】【集会所】
【広場】【厩舎】【畑（野菜・樹木）】【溜池】【草原東の森】【魔石炉】

大空を舞いながら――？？？？

大きな翼を持つそれが、なだらかに下る山に沿う形でゆったりと優雅に舞い飛んでいると……山の中腹、雪に覆われて真っ白な世界となったそこに群れる狼達の姿が視界に入り込んでくる。

獲物に恵まれたのか狼達は、ふっくらと太りゆったりと雪の上に寝そべっていて……寝そべる大人達の周囲を子狼達がなんとも元気に楽しそうに、雪を蹴り上げながら駆け回っている。

（……おや？　以前とは随分と様子が変わってるな？

数は減っているようだけど、随分とまぁ余裕というか穏やかというか……ふぅん？　何があったんだ？）

そんなことを考えながら狼達の上空をぐるりと旋回したそれは……バサリと翼を振って、一段高いところまで高度を上げる。

（少し前にドラゴンを見かけて、てっきりここらも瘴気《しょうき》に汚染されたものと思ってたのに、何処《どこ》もかしこも穏やかで落ち着いた様子で……瘴気も全く感じられない。

まさかあの狼達がドラゴンをやったなんてことは……ないよなぁ。

いくらなんでも狼じゃぁ何百匹といたところでやれるはずがない……。しかしだとすると一体何が……？）

高く飛び上がり、その鋭い目でもって周囲を見回したそれは……山を下りきった向こうの雪原に、自分の記憶によれば何も無かったはずのそこに、人里らしきものが出来上がっているのを見つけて……そちらの方へと飛び進んでいく。

（……犬の村？　いや、人の村か。

人の村に色々な種族が……って、ありゃぁドラゴンの残骸か!?　こいつらがあのドラゴンを……特別瘴気の濃い、瘴気の塊のようなアレを狩りやがったのか!?）

まさか人が、たったこれだけの数だけでドラゴンを!?　と、衝撃を受けたそれは、空を舞い飛びながらその村のことを、その村に住まう者達のことを観察し始める。

その村に住まう子供達が……暖かそうな服に包まれ、帽子の上にちょんと乗った毛玉を揺らす二人の子供が、弓を手に自らのことを見上げながら『美味しそうな鳥だ』なんてことを考えているとは夢にも思わないそれは……そのまま村の上空を舞い飛び続けるのだった。

イルク村の広場で――ディアス

「……セナイ、アイハン、どうかしたのか？」

皆でフレイムドラゴンを狩り、そのことを祝う宴をし、片付けをしっかりと終えて……翌日。

広場でドラゴンの解体作業を見守っていると、セナイとアイハンが弓を手にてててっとこちらに駆けてきたかと思ったら、じぃっと空を見上げ始めて、私がそう声をかけると、セナイとアイハンは空にいるらしい何かを目で追いながら言葉を返してくる。

「美味しそうな鳥がいる！」

「たぶん、たか！　とってもおおきい！」

その言葉を受けて私と、私の側にいた数人の犬人族達が空を見上げると……黒と茶と白交じりの、独特の模様の大きな翼を広げながら空を舞い飛ぶ鳥……かなり大きめの鷹《たか》の姿が視界に入る。

「おお……これはまた随分と大きな鷹だなぁ。

……ただ、あれ程の大きさとなると狩るのは難しいだろうなぁ、あの翼でもってかなり上の方を飛んでいるし、動きも速いのだろうし、大きい鷹はその分だけ賢いからなぁ。

空を飛び回る鷹には餌か何かでおびき寄せるか、罠を仕掛けるという手がある訳だが……多分あの大きさだと、見破られてしまうだろうなぁ」

手を額に当て日光を遮りながら空を見上げた私がそう言うと……それでも鷹のことを諦めきれないのか、セナイとアイハンは弓を構え腰に下げた矢筒へと手を伸ばしたまま空を見上げ続ける。

その様子を見て、そんな二人を手伝ってやるべきかと悩む……が、私に出来ることはなさそうだと諦めて、鷹に関してはセナイとアイハンの好きにさせることにして、視線を広場へと戻す。

ナルバントの指揮の下、解体作業は順調に進んでいて、ヒューバートの指揮の下、鬼人族との配分やカマロッツ達への支払いも進んでいて……どうやら今日中には大体の作業に片が付きそうだ。

広場にドラゴンの死体があったままだと、野生のメーア達がどうしても怯えてしまうというか、落ち着かないようなので、早く片付いてくれるならそれに越したことはないだろう。

片付けが終わったならエリーが帰ってくるまではまた狩りをする日々を送って、エリーが帰ってきたなら持ってきてくれるだろう品々の整理をして……と、まだまだ春は遠いというのにやることが尽きないなぁと、そんなことを考えていると、ヒューバートとの折衝が終わったのか、カマロッツがこちらへとやってくる。

「ディアス様、フレイムドラゴンの魔石とその素材、確かにお預かりいたしました。

エルダン様への報告の後、魔石は王都に送り、素材はエルダン様の判断の下、活用させて頂きます。

素材のお礼に関しましては、エリー殿にお預けいたしますので、到着までお待ち頂ければと思います」

やってくるなり、そう言葉をかけてくるカマロッツに私はこくりと頷いてから言葉を返す。

「ああ、エリーが帰ってくるのを楽しみに待つとするよ。

……それとわざわざここまで駆けつけてくれたこと、本当に助かったよ、ありがとう」

「い、いえいえ、準備に時間を掛けすぎてしまい、間に合わなかったこと、ただただ恥じ入るばかりです」

「結果として間に合わなかったのかもしれないが、いざという時に助けにきてくれる仲間がいるというだけでもありがたいし、心強いものだからな……二度目になるが本当に助かったよ。

もしエルダン達に何かあったら、その時は私達もすぐ駆けつけるから、遠慮なく声をかけて欲しい」

「……はい、そう言って頂けてこちらとしてもありがたいばかりです。

ディアス様のそのお言葉しかと胸に刻みこみ、エルダン様にもお伝えさせて頂きたいと思います」

そう言って胸にそっと手を当てて、礼をするカマロッツ。

それに返礼するための、ヒューバートに習った胸に手を当ててからしっかりと頷くという、領主としての礼をし、それからいくらかの言葉を交わし、春になったらこちらからエルダンの下に遊びに行くのも良いだろうし、エルダン達にもまた遊びに来て欲しいとそんな会話をしてから……そろそろ帰るというカマロッツ達を見送る為に村の外れまで足を進める。

するとカマロッツの部下達が、ナルバントが急遽拵《きゅうきょこしら》えた荷車への素材の積み込みと、馬の準備をすっかりと完了させていて……その年を感じさせない軽々とした仕草で馬の背に跨ったカマロッツは、再度の礼をしてから、東へと……森の方へと馬でもって駆けていく。

その後ろ姿が見えなくなるまで見送り……見送ってから、村の方へと踵《きびす》を返すと、

「ディアスー!!」

「つかまえたー!!」

と、そんな声を上げながら笑顔のセナイとアイハンがこちらへと駆けてくる。

その手には先程の鷹なのか、大きな鷹の足が、セナイとアイハンがそれぞれ片足ずつという形で握られていて……一体どうやって捕まえたのか、足を握られた鷹はそのクチバシを下に向けて大きく開きぐったりとしている。

矢で射抜かれてしまったのか、したたかに頭を叩かれたのか、ぐったりとしたまま動かない鷹の様子を見て私が、

「……今夜は鷹の丸焼きかな」

と、そんなことを呟くと、その一言を聞きつけたのか、眉毛のようにも見える立派な冠羽を構えた鷹の目がくわりと見開き、クチバシが大きく開かれて、

「オレは鷹じゃねぇよ!?　っていうか丸焼きとか勘弁してくれよ!?」

と、そんな声がそのクチバシから周囲へと放たれる。

それを受けて私とセナイとアイハンと、私の側を離れずに控えていた犬人族達は異口同音に、

『喋《しゃべ》った!?』

と、そんな大声を上げてしまうのだった。


空を飛ぶ鷹を物欲しげに見つめるセナイとアイハンを見て、気を利かせてくれたゾルグ達鬼人族が、その場にいた全員の魔力を使っての、広場を覆う隠蔽魔法を使ってくれたらしい。

眼下にあったはずの何もかもが突然消失するというその現象を受けて、鷹が見せる反応は驚いて逃げるか、一体何が起きたのかと興味を持って近づいてくるかのどちらかなんだそうで……まんまと興味を持ってしまった鷹が高度を下げてきたんだそうだ。

そうしてそれを待ち構えていたゾルグ達によってばさりと革袋が被せられ、鷹は突然の襲撃に驚き、突然の暗闇に混乱し……トドメとばかりに革袋を揺さぶられたことで気を失ってしまったらしい。

『この大きさならメスなんだろうし、力も素早さも中々のもの……逃げずに確認しにきたってことは勇敢さも持ち合わせているようだ。

大人の鷹を躾けるのは大変だが、それでも真面目に愛情をもって接してやればきっと良い狩り鷹になってくれるぞ』

革袋を被せるというのは鷹狩の為の鷹……狩り鷹を手に入れる為の捕獲法なのだそうで、そんな言葉をかけながらゾルグはその革袋を、ゾルグにとっての姪であるセナイ達に手渡してくれたのだが……鷹狩が何であるかを知らないセナイ達は、その言葉の意味をしっかりと理解せずに、そんなことよりも、と良いお肉が手に入ったとばかりに喜んでしまい……そうして獲れたてのお肉を見せるために私の方へと駆けてきて、その途中で革袋もそこら辺に置いてきてしまったんだそうだ。

「……ま、結果怪我もしてないから良いんだけどな。

勇敢だとかどうとか、褒められたのも悪い気はしないし……狩りの腕を頼られるのも嬉しいもんなんだが……食べるとかなんとか、そういう悪い冗談は勘弁してくれよ、いや、本当にさ、怖すぎるぜ」

喋ったということは亜人であり、流石に亜人を食べる訳にはいかないと慌てて解放すると、その鷹……いや、鷹人族か？　は、近くのユルトの屋根の上へと飛んで移動し、そこで乱れた羽根の手入れをしながら、そんなことを言ってくる。

「も、申し訳ない」

「ごめんなさい……」

「ごめんなさいー……」

と、私とセナイとアイハンが謝罪の言葉を口にすると、鷹人族は「ふぅー」とため息を吐き出してから言葉を返してくる。

「いや、ま、オレも挨拶無しに縄張りの中に入り込んじまった訳だからな、さっきも言ったが怪我もなかったし、そこら辺に関してはお互い様ってことで良いよ。

……そんなことよりもだ、向こうで解体していたドラゴン……アレは一体誰が、どうやって狩ったんだ？」

「誰が……と言われると皆で、になるかな。

この村の皆と、解体を手伝っていた鬼人族の皆で協力して……弓矢で射ったりワゴンってので突撃したりして……トドメは私になるかな。

ここにいるセナイとアイハンも弓矢での援護で活躍してくれていたな」

と、右手でセナイの、左手でアイハンの頭を撫でてやりながら私がそう返すと、鷹人族はカッと目を見開き、その鋭い目でもって私達のことをじぃっと見つめてくる。

「……なるほどな……。

ちなみにアレ以外でドラゴンを狩ったことは？」

「んー、亀とトンボ……いや、アースドラゴンとウィンドドラゴンを私とアルナー、私とゾルグの組み合わせで狩ったかな」

「あー、ナルホドナルホド、奴らが活発に動いている割に瘴気が広がってないのはそういう訳か……。

そうかそうか……。で、そっちの嬢ちゃん達は、美味い肉が食いたいのか？　狩りがしたいのか？」

よく分からないことを呟いた後にセナイとアイハンをじぃっと見つめた鷹人族がそう言ってきて……セナイとアイハンは戸惑いながらも『うん！』と同時に声を上げて、こくりと頷く。

「そうか！　ならこのオレ様が嬢ちゃん達の狩り鷹になってやるよ！

鷹人族の英雄サーヒィ様が力を貸してやれば、毎日腹いっぱい肉が食えて、あっという間に大きくなれるぞ！

その代わりオレの寝床を用意するのと、今度ドラゴンを狩ることがあったらオレが参加するのを認めるのと……素材の一部を分け前としてくれることを確約してくれ」

くいとクチバシを上げて、器用に翼を折り曲げて、ポーズを決めながらそう言うサーヒィにセナイとアイハンは『ほんと!?』と同時に声を上げて、笑顔を弾けさせる。

「あー……それはつまりこの村で暮らす……領民になるってことで良いのか？

領民になってくれるなら寝床も、狩りの分け前も喜んで渡すが……」

と、私が問いかけるとザーヒィと名乗った鷹人族は、ふわりと飛び上がり、私達の足元へと着地し……こちらを見上げながら言葉を返してくる。

「領民、かぁ……。ま、そういうことになるかな。

オレの一族には何の因果か、ドラゴンを狩れだとか、瘴気を許すなだとか、そんな家訓が残されていてな……ある年齢までに嫁取りが上手くいかないと、ドラゴンを狩ってこいってな名目で一族の巣を追い出されちまうんだよ……。

追い出された所でオレ一人でドラゴンを狩れるかって言われると無理だしな？　ドラゴンを狩れないことには巣に戻れないしな？

そういう訳でオレは一緒にドラゴンを狩ってくれる勇者を探してたんだよ。

三度も狩りに成功してるってならありがたい、オレも出来る限りのことはするからよ……オレの名誉の為、一族の巣へ帰還する為……それと嫁取りの為にも素材の分け前、よろしく頼むよ」

そう言ってサーヒィはすっとその翼を、まるで握手を求めているかのように差し出してくる。

私とセナイ達はそれを受けてしゃがみ込み、順番にその翼の先端をそっと、軽く握る。

「で、アンタ達の名前は？」

握手を終えるとサーヒィは首を傾げながらそう言ってきて、私達はようやくそこで名乗っていなかったことに気付いて、慌てて自己紹介をし……自己紹介を終えたなら、サーヒィをくいと曲げた腕の上に乗せて、村の皆に新しい領民だとサーヒィのことを紹介していく。

既に鳩人族であるゲラントのことを知っているからか、イルク村の皆は特に驚くことなく笑顔でサーヒィのことを歓迎してくれて……広場のゾルグ達にもサーヒィを紹介し、事情を説明すると、ゾルグ達は大口を開けて愕然とし「まさか、そんな……」と、そんな言葉を口々に漏らし、わなわなと身体を震わせ始める。

「こ、言葉が通じる上に魂が青色で、こんなにも大きな身体をしたオスの鷹だと!?

そ、そんなのが手に入ったならどんなに狩りが楽になることか……!?」

動揺する鬼人族を代表する形でゾルグがそんな声を上げると、サーヒィは半目となり、呆れ混じりの表情で言葉を返す。

「いや、鷹人だから、鷹じゃねーから、似てはいるが全く別の存在だからな?

……ここらの草原にはなるべく近寄るな、なんて噂を耳にしたことがあるが……もしかしてアレか、こいつらの縄張りだからか……」

そう言ってサーヒィが大きなため息を吐き出すと、動揺から一転、目をギラつかせたゾルグ達がサーヒィに様々な言葉をかけ始める。

やれうちに来たら出来の良い鷹用の目隠しを作ってやるだとか、足輪を作ってやるだとか、良い肉を食えるぞとか、そんな言葉を。

真っ白な雪の世界で人はどうしても目立ってしまう。

そんな中で獣を探すのも、狩るのも大変で……鷹がいたならその大変さをかなり緩和することが出来るらしい。

その鷹と意思疎通が出来たなら狩りは更に、うんと楽になるだろうと……なんとも必死な様子で口説いてくるゾルグ達に対し、サーヒィは呆れ半分怯み半分といった様子で言葉を返す。

「お、オレはもう、この子達の狩り鷹だから！

セナイとアイハンと組んだから！　他と組むつもりはねーよ!!

……お、おいぼれ共めぇ、ドラゴンや瘴気云々《うんぬん》じゃなくて、厄介な性根のこいつらのことこそ言い伝えるべきだろうがぁ……」

最後の方だけ小声になりながらそう呟いたサーヒィは、余程にゾルグ達の勢いが恐ろしいのか、その身を震わせながら、私の腕をその足でもってがっしりと掴んでくるのだった。

さらっとした雪を踏みしめながら――セナイとアイハン

「鷹狩りといったらやはり狐だろうな。肉としてはいまいちだが毛皮がペイジン達に高く売れるからな、春までに鞣《なめ》して洗って綺麗にしておけば良い金になるはずだ」

鷹人族のサーヒィが領民となってから数日が経ち、雲ひとつ無い青空の下という絶好の狩り日和となって……セナイとアイハンは早速とばかりにサーヒィを連れての鷹狩りへと出かけていた。

「サーヒィ程の体軀があるなら狼もいけるだろう、狼も肉としてはいまいちだが毛皮が高く売れるから、悪くない獲物だ。

美味い肉が欲しいならウサギか鳥か、後はサーヒィや犬人族に手伝ってもらいながら弓矢でもって鹿を狩るという手もあるな」

と、そんな風に先程から熱心に鷹狩りについて教えてくれているのは、鷹狩りするなら今日のような日和が良いと、そんな声を上げながらイルク村へと駆け飛んできた、セナイ達にとっての義伯父であるゾルグだった。

ゾルグにとってセナイとアイハンは、愛《アル》しい妹《ナー》の育て子……養子であり、血の繋がりをあまり重要視しない鬼人族の気風もあって、彼にとっては我が子にも等しい程に大切な、愛おしい存在となっていた。

セナイとアイハンにとってそんなゾルグは、良き義伯父であり、良き狩りの師でもあり……なんとも楽しげな笑顔を向けながらうんうんと素直に頷き、その言葉に聞き入る。

セナイ達はアルナーがゾルグに対し、厳しい態度で接している様子を目にしていたのだが……同時にアルナーがゾルグの為に弓矢を作ったり、料理を作ったり、疲れを癒やす薬湯を作ったりしている様子も目にしており……そんな様子からアルナーがゾルグのことをそこまで悪く思っていないことを、なんとなしに理解していた。

子供心ながらに二人の間に何かの壁があるのだろうと察しつつも、それが致命的な縁を切ってしまうような壁ではないとも察していて……その笑顔には一切の警戒心がなく、そんな笑顔を向けられてしまったゾルグは、ますます張り切って鼻息を荒くして、鷹狩りについてを上機嫌で語っていく。

そんなセナイ達の周囲には護衛をするためにと何人かの犬人族の姿があり……またセナイの帽子の上には冬服を身に纏ったエイマの姿もある。

そしてセナイとアイハンの手には大きな止り木のような形の一本の杖が握られていて……その杖の先端には、今回の狩りの主役であるサーヒィの姿があった。

出来るだけ高い位置から見渡した方が獲物を探せるからと、サーヒィの希望で用意されたその杖の上でサーヒィは少しでもセナイ達の負担を軽くしようと、体内の魔力を唸らせることで自らの体重を軽くしていて……そうしながら真っ白な雪で覆われた周囲一帯をその目でぎょろりと睨みつけていて……同時に一団の先頭を進むゾルグのことをこれでもかと警戒していた。

しつこいまでに一緒に狩りをしようと声をかけてきたゾルグ。

フレイムドラゴンの解体も終わり、もうイルク村に用事も無いはずなのに……手に入った素材の分配やら何やらで忙しいはずなのに、未《いま》だにイルク村に留まり続けている警戒すべき男。

自分を説得することはどうにか諦めてくれたようだが……同族が住まう里を、鷹人族達の巣をどうにか探ろうとしている節があり……そんなこと言えるはずがないサーヒィは、何をされても絶対に喋らないぞと、そんな態度を取り続けていた。

ゾルグはゾルグでアルナーやセナイとアイハンに嫌われたくないと、ある程度の自重はしていたのだが……それでもやはりサーヒィのような鷹がいれば、ぐんと男気を上げられると、冬の稼ぎが段違いになるとの思いがあり……そうしてゾルグとサーヒィの間には独特の……なんとも言えない緊張した空気が流れていた。

ゾルグはセナイ達に語りかけながら時折チラチラとサーヒィに視線をやっていて……サーヒィもそんなゾルグに視線を向けて露骨なまでの警戒感を示していて……。

そんな風に時が流れていって、ゾルグの鷹狩りに関する話が落ち着いた頃……サーヒィの鋭く、遠くまで見通せる目が、真っ白なはずの雪原に起きているちょっとした変化をしっかりと捕らえる。

その変化をじぃっと睨み……それが獲物の痕跡であるとの確信を得たサーヒィは、ばふばふと雪の中を進み歩くセナイ達に声をかける。

「……そこで一旦止まれ。獲物の痕跡を見つけたぞ。

ってことでオレからも鷹狩りの際に気をつけるべきことを話してやろう。

鷹狩りをするならゾルグが言っていた通り今日みたいな晴天の日にすべきだ、空気が暖かいと軽々と飛べるし、雪の表面が少しだけ溶けて、アレが残りやすくなるんだ。

出掛け際にディアスが真っ白な雪の中の狩りは大変だとかなんとか言ってたが……実は逆なんだよな。

何故逆なのかは……アレを見れば分かるだろう」

そう言ってサーヒィはその翼で前方の雪原のある箇所を指し示す。

それを受けてセナイ達は足を止めて指し示された方をじっと見つめて……犬人族とエイマが、何のことやらと首を傾げる中、セナイとアイハンが「アレか！」と何かを見つけてそれをじぃっと見やる。

「やっぱり普段から弓矢で狩りをしてるやつは目が良いんだなぁ。

ゾルグは最初から見つけていたようだし、セナイとアイハンもすぐに見つけたし……。

未だに見えてないらしいエイマ達に説明してやるとだな、向こうに獣の足跡が見えるんだよ。

あの感じだと……恐らくは狐だな。後はアレを追っていけば獲物と出会えるって訳だ。

……ディアスは……なんていうか大雑把な性格っぽいから、ああいった足跡に気付けてなかったんだろうな」

更にそう言ってからサーヒィは畳んでいた翼を広げて、振り回すようにして動かし、いつでも飛べるようにと狩りの準備をしていく。

それからセナイ達にゆっくりと慎重に足跡を追うように指示を出し……その目でもってセナイ達の行く先を、足跡の先を見つめ続ける。

「……獲物を見つけたら高台に上がってくれると狩りが上手くいきやすいんだが……ま、ここらは高台も何もない平らな大地だからな、そこはオレの方で上手くやるさ。

セナイとアイハンはただこの杖をしっかりと構えて、後はオレの邪魔にならないように静かにしてくれたら良い。

犬人族達も吠えたり騒いだりしないでくれよ……静かにあっという間に、奇襲でもって片を付けるのがオレ達の狩りだからな。

……さて、そろそろ獲物が見えてくるはずだ」

そう言ってサーヒィはクチバシを閉じて、その瞳を鋭く光らせ、いつでも飛び立てるようにと体勢を調える。

そうしていると雪を懸命に掘り返す大柄な狐の姿が見えてきて……先頭を歩いていたゾルグの指

示で一同が足を止めて、その身を屈める。

(遠いねー)

(とおい、やをいっても、あてられない)

確かに某《なにがし》かの獣がそこにいる姿は見えてはいるのだが、目の良いセナイとアイハン、ゾルグにしか見えないようなはるか遠方で……。

その姿もはっきりと狐であるとは断定出来ない程に小さく朧《おぼろ》げで……セナイとアイハンが小声でそう呟くと、杖の上で自信ありげにサーヒィが「フフン」と笑い声を上げる。

(なぁに、姿が見えてさえいれば鷹人に狩れない相手はいないさ。お前達はそこで杖を掲げて、静かにしていればそれで良い)

そう言ってサーヒィはその翼を広げて、ばさりと大きく羽ばたかせる。

翼の力と全身に込めた魔力によってふわりと浮き上がり、浮き上がったならまたばさりばさりと翼を振って……ある程度の高さまで舞い飛んだなら、翼を大きく広げて……羽ばたかずに滑空し、静かに素早く獲物の下へと向かって一直線に飛んでいく。

(……気付かれた!?)

(にげちゃう!?)

サーヒィがある程度まで近づいたところで、雪を掘り返していた狐はサーヒィの存在に気付き、その毛を逆立たせ尻尾を立ち上げ、こちらまで届くような威嚇の声を上げる。

だがサーヒィは怯むことなく、揺るぐこと無く一直線に狐の方へと向かっていって……そうして戦闘態勢を取る狐へと襲いかかる――。

――決着は一瞬でついた。

狐へと襲いかかったサーヒィの鉤爪がその首と胴体をぐわりと鷲掴みにし……苦しませることなく痛みが伝わる間もなくその首を折り砕く。

悲鳴もなく抵抗もなく、狐はすっと力を失い……そのまま雪の中へと倒れ伏す。

そうして狐を見事に狩ったサーヒィは、狐の側に立ち翼を器用に腕のように折り、胸に当てて……その生命と最後まで立ち向かわんとした勇猛さに敬意を評する。

するとそこにゾルグとセナイ達と犬人族達が駆け寄ってきて……彼ら彼女らもそれぞれの方法で手を組んだり、サーヒィのように胸に手を当てたりして祈りを捧げて……そうやってからすぐ様に、革袋とナイフを取り出し、ゾルグが中心となってセナイとアイハンも手伝いながらの解体が始まる。

そんな中サーヒィはセナイとアイハンが雪に突き立てた杖の上へと移動しながら……解体を手伝うセナイとアイハンのことを見やりながらぽつりと呟く。

「……まぁ、一緒に狩りに来てる時点で今更ではあるんだが、解体だとかを嫌がったりはしないんだな……」

それはあくまで独り言、誰に向けた言葉でもなかったのだが、その長い耳をピクピクと動かしその言葉を聞き取ったセナイ達は、サーヒィのことを見上げて言葉を返す。

「嫌じゃないよ、大事なことだから！　命は巡ってるから！」

「だいじに、むだなく、けいいと、かんしゃを！」

セナイとアイハンのその言葉に、サーヒィがなんとも言えない表情をしていると、ナイフを器用に動かし、狐の解体を進めていくゾルグが声を上げる。

「アルナーからしっかり教わり身につけているようだな……よしよし、良い子達だ。

……この狐は雪の中の鼠を狩って自らの血肉としていた、そして俺達もまたこの狐を狩って自らの血肉としていく。

俺達も命を失えば大地に還ることになり、そこから草が生えて、生えた草をメーアやギー達が食《は》んで……そうやって命は巡っていて、巡っているからこそ無駄な命なんてのは一つもないんだ。

全ての命に意味があり、全ての命は大事なもので、そこに優劣は無い……無いからこそ敬意と感謝を忘れてはいけない。

そして俺達も、いつかこの狐のように狩られる時が来るかもしれない……奪われる時が来るかもしれない。

……だからこそ強くなければならない、戦う力を持たなければならない……生きるっていうのはそういうことなんだ」

これまでに何度も口にしてきたのだろう、まるで呪文をそうするかのように流れるようにその言葉は読み上げられていって……セナイもアイハンもエイマも周囲の犬人族達も、神妙な態度でその言葉に聞き入る。

そしてサーヒィもまた、その言葉に思う所があったのかこくりこくりと頷いて聞き入り……そうしている間にもゾルグの手は動いていて解体が順調に進んでいく。

毛皮と肉は別の革袋へとしまい、食用に向かない内臓は土の中へ、食用に向くのはまた別の革袋へ。

そうやって解体が終わったなら、手の汚れを雪で落とし、革水筒にいれておいた薬湯で洗い……そうしてからゾルグがハッと何かを思い出したような表情をし、サーヒィへと声をかける。

「そう言えばサーヒィへの狩りの謝礼を忘れてたな。

……解体したばかりの生肉を食うか？　それとも内臓が良いか？　鷹ってのは肉だけじゃなくて内臓も食べておかないといけないものなんだろう？」

そんなゾルグに半目での視線を返したサーヒィは、ため息まじりの言葉を返す。

「いや、何度も言うけどオレは鷹じゃねぇからな？

オレは鷹人族で……生肉や生の内臓もいけないことはないが、普通に調理した肉だって食べられるからな？

昨日の晩だって出されたスープを普通に楽しんでたし……野菜や木の実だって気が向けば食うし、頼むから鷹扱いをやめてくれよ」

そう言ってサーヒィがやれやれと首を左右に振っていると……狩りをしてもらったらお礼が必要

なんだ！　と、力強く頷いたセナイとアイハンが……懐からおやつにしようと思って持ってきた乾燥クルミを取り出し『はい！』と異口同音に声を上げて、サーヒィの方へと差し出してくる。

「……ああ……うん。クルミは好きだからありがたいが……なんだか餌付けみたいだし、必要ないからな？

村の一員として寝床と飯を用意してくれるならそれで良いからな？」

と、サーヒィがそんな言葉を返すが、それでもセナイとアイハンはクルミをぐいと差し出してきて……サーヒィは仕方なく、二人の手の平の上のクルミを咥えて、かりこりとクチバシで器用に噛み砕き、ごくりと飲み下す。

その様子を見て満面の笑みとなったセナイとアイハンに、サーヒィがなんとも言えない微妙な表情を返していると……突然周囲一帯を力強くて大きい、今までに誰も感じたことのない気配が包み込み……まずは犬人族達が、次にサーヒィとエイマが、そしてゾルグがその気配に反応し、臨戦態勢を取る。

ゾルグとセナイとアイハンが弓矢を構え、犬人族がセナイとアイハン達のことをぎゅむっと身を寄せることで囲い、サーヒィが大きく翼を広げて周囲を見渡す中……セナイの帽子をぎゅっと掴んだエイマが声を上げる。

「誰ですか……!?」

だがそれに反応を示す者はおらず、雪だけが広がる周囲一帯にそれらしい姿は見当たらず……警戒を続けながらも一同は困惑する。

確かな圧倒的な気配がそこにあるのに、何らかの気配が少しずつだが確実に迫ってきているのに、その姿をどうしても見つけることができない。

一体何がどうなっているのか、何が起きているのか……と、一同が固唾《かたず》を呑んでいると……ぼふりと、雪の下から何者かが姿を見せて、一同に向けて声をかけてくる。

「待って待って、敵じゃないから害意は無いから。

攻撃されても効きはしないんだけど、痛いものは痛いからやめて頂戴な」

それはメーアのような姿をしていた。

白い毛に包まれ、くるりと曲がった普通のメーアよりも立派な角があり、四肢に蹄があり……。

だが纏っている気配がメーアのそれではなく、何より言葉を話してしまっていることがメーアでは無い何よりの証拠となっていて……一同は尚も警戒を続ける。

「あ、アナタは一体何ですか!?

メーア……なのですか!?　メーアなのだとしたらその気配は……いえ、何故言葉を話せるのですか!?」

一同を代表する形でエイマがそう声を上げると……そのメーアのような何かはにっこりと微笑みながら言葉を返してくる。

「そうかそうか、君達は私の気配を感じ取れるのね。うんうん、なるほどなるほど。

……あの男……ディアスって名前だったかな？　アイツはまったく、私の気配を感じ取れもしないのに、私が近づこうとする度に野生の勘のような何かで気付いてくれちゃって、今度は捕まえてやると、今度は逃さないとあの目をギラつかせてくるのよ。

……おかげであの村には近づこうにも近づけなくて……それで仕方なくこっちに、君達のとこに顔を出したってわけよ。

以前下賜したサンジーバニーも正しく使っているようだし、ドラゴンを……特に厄介なあのフレイムドラゴンを倒してくれたようだし……今回もまた、正しく生きるアナタ達に我が主の命により褒美を下賜してあげます。

これからも我が主を害さんとするドラゴンを退治し、我が子らを保護するよう務めなさい。

……と、いう訳でこの袋はそこの女の子達……アナタ達の方でディアスに渡しておいて頂戴な」

そう言ってメーアのような何かは、自らの口を自らのふわふわとした毛の中に突っ込み、その毛の中から麻袋を取り出し……その麻袋をくいっとセナイ達の足元へと投げてくる。

雪の中にぼふりと落ちるその麻袋へと一同の意識が向いたその時……突然の目眩《めまい》が一同を襲い……そしてその目眩から立ち直ると、いつの間にやらメーアのような何かは姿を消してしまっていて、一帯を包み込んでいた巨大な気配も綺麗さっぱりと消え失せてしまっている。

今のメーアのような何かは、尋常ではない気配を持つアレは一体何者だったのだろうか。

そんな疑問を抱きながらも一同は、再びその麻袋へと視線をやって……そうして指名を受けたセナイとアイハンが慎重に、恐る恐るといった様子でその麻袋へとその手を伸ばすのだった。

イルク村の広場で――ディアス

「……で、その麻袋に入っていたのが、この宝石という訳か……」

鷹狩りというか、鷹人狩りというか……とにかく狩りから帰ってきたセナイとアイハンから渡されたそれを二本の指で摘み、じっと見つめながらそんな言葉を漏らす。

ぱっと見と手触りはそこらにあるような石のそれなのだが、金属を含んでいるのか何なのか、太陽にかざすと金を赤く染めたらこんな光を放つのではないかという、そんな光がその全体から漏れ出てくる。

明らかに普通ではなく、なんらかの力を持っていそうな宝石……なのだが、例のメーアモドキからの詳しい説明は一切無かったようで、この宝石が何であるのか、どんな力を持っているのかはさっぱりと分からない。

そんな宝石が三つ、麻袋に入っていた訳で……一体これで何をしろと言うのだろうか？

これらもサンジーバニーと同様、使い方を間違えると消えてしまうだとか、そんなルールがありそうで迂闊《うかつ》に使うことも出来ず……なんとも困り果ててしまう。

サンジーバニーが本物であった以上は……あれ程の効果を発揮してくれた以上は、この石にもなんらかの力がありそうなのだがなぁ……と、太陽にかざした石のことをじっと見つめていると、私の直ぐ側で……広場の畑の直ぐ側でエイマの指導の下、毛皮の鞣し作業の準備を進めていたセナイとアイハンが、声をかけてくる。

「それ、宝石じゃないよ」

「なんかへんなかんじだけど、ほうせきじゃない」

その言葉を受けて、私は魔力のある無しが宝石かどうかの基準だったなと思い出し頷いて……改めて光を放つ石を見つめる。

するとこれは葉肥石とかあの辺りの石の仲間で、砕いて畑にでも撒けば何らかの効果があるのだろうか？

とはいえ効果のわからないものを畑に撒くのはどうにも気が引けるし……かといってこのままただ見つめていても何も進展しないし……試しに一つだけ砕いてみるかと、そんなことを考えていると、ドスドスと重い足音を響かせながらナルバントがこちらへと駆けてくる。

「おお、おおおお、それが例の石か！　話は聞いたぞ！

よしよし、このオラに見せてみろ！　もしかしたらそれが何であるか見極められるかもしれん！」

と、そんな声を上げながら私のすぐ側まで駆けてきて、ぐいとその手を差し出してくるナルバントに、私は「頼む」と声をかけてその石を手渡す。

するとそんなナルバントを追いかけるようにゾルグと、サーヒィがやってきて……鉱石に詳しいらしいナルバントを呼んで来てくれたらしい二人は、方や息を切らしながら方やバッサバッサと羽ばたきながら石を見つめるナルバントのことをじぃっと見つめる。

一体この石が何なのか、その正体を知りたい。

そんな好奇心に満ちた視線を浴びながら石のことを調べたナルバントは……ゾルグのことを半目で見やり言葉をかける。

「坊主、お前にとってこれは何だ？　ただの石か？　それとも宝石か？」

「は、はぁ？　俺に聞くのかよ。

……んー……まぁ、何度見ても宝石には見えないな。ただ普通の石かと言われるとそれも違うような気がするんだよな……。

いや、色を見れば当然だろって話になるんだが……なんかこう、漂ってくる気配が違うんだよな」

突然の質問にゾルグがそう返すと「ふぅーむ」と唸ったナルバントは髭《ひげ》を揺らしながらその石のことをじぃっと見つめる。

「セナイ達にも坊主にも分からんということは、やはりこれはオラ共の領分か……。

……んんん、しかし一体全体何なんじゃこの石は、こんな小さな石ころで何をしろと言うんじゃ……全く分からんぞ！」

「お、おいおい……なんだよ、アンタにも分からないのかよ」

ナルバントの呟きにゾルグが思わずそう返し、やれやれと呆れたサーヒィが、セナイ達の側に突き立てられた止り木杖の方へと飛んでいって……そうしてナルバントの唸り声がうんうん、うんうんと周囲に響き渡って……答えが出ないまま時間が流れていく。

麻袋から全ての石を取り出して、それらを手の平に乗せて、じぃっと睨みに睨んで……と、そこにいつの間に仲良くなったのか野生のメーア達を引き連れた冬服姿のベン伯父さんがやってくる。

「砕いて溶かして鉄に混ぜてみると良い」

やってくるなり私達に向けてそんな言葉を投げかけてくるベン伯父さん。

いきなり何を……と、私が戸惑っているとその目をカッと見開いたナルバントが言葉を返す。

「鉄に？　それは一体何を根拠にしとるんじゃ？」

「かつて目にした聖典にそのようなことが書いてありましてな……まぁ、悪い結果にはならんでしょう」

ぎょろりと見やるナルバントの目に、なんとも涼しげな視線を返しながらそう言うベン伯父さん。

聖典……聖典か。

王都の神殿で長く働いていたベン伯父さんならそういった書物に目を通す機会もあったのだろうが……一体全体何だって神殿の聖典にこの変な石のことが？　と、私が首を傾げる中、こくりと頷

いて……何度も何度も、繰り返し頷いたナルバントが、

「……ベン殿がそう言うのであれば試してみるとするかのう。

鉄に混ぜる……鉄に……か。ならディアス坊の鎧《よろい》に混ぜてみるとしようかのう」

と、そんなことを口にし……三つの石を手にしたまま、工房の方へと歩き去っていく。

こと鍛冶《かじ》のことにおいては頑固というかなんというか、我が強いナルバントがすんなりと意見を聞くとは……一体いつの間にベン伯父さんはナルバントとそこまで仲良くなったのだろうか？

「……ま、年を重ねた者同士、通じ合うものがあるってこった。

んなことよりもディアス、このメーア達のことで話があるんだが、今良いか？」

私の内心を読んだらしい伯父さんの言葉を受けて私は、一旦咳払いをし……以前言われたことを意識しながら言葉を返す。

「か、構わないが……どうかし……たか？」

子供の頃、私を厳しく教育してくれたベン伯父さんに甥っ子としてではなく、領主として接しろ。

そう言われた所で頭の奥底に刻み込まれた記憶は中々払拭出来ないというか、そう簡単には出来ないことで……私はついつい言葉に詰まってしまう。

「……まぁ、努力は認めてやろう。

で、このメーア達なんだがな……イルク村の住民になりたいんだとよ。

野生としての誇りも未練もあるが、あのフレイムドラゴンのような連中が何度も来る中、いつま

でも意地を張っていても家族を危険に晒すだけ。

……フレイムドラゴンを一切の犠牲無く倒してみせたお前の下につくそうだ。

イルク村に来ていた野生のメーア全員がそう言ってくれていてな……群れの長についても軽く話し合った結果、問題なく任せられるだろうってことでフランシスに任せるそうだ。

……そういう訳でまぁ、余裕が出来たらこいつらのユルトも建ててやってくれ。

今の住処や小屋なんかよりも、フランシス達やエゼルバルド達のようにユルトで暮らしたいそうだ」

「分かっ……たよ。ユルトも暇を見つけて建てておく。

代わりに話を聞いてくれたようで……あ、ありがとう」

尚も言葉に詰まりながらそう返した私は……ベン伯父さんの後ろに控えているメーア達の方へと足を向けて……膝を地面に突き、手を差し出しながら言葉をかける。

「イルク村の仲間になってくれるそうだな、ありがとう。

これからはお客さんではなく仲間として接して、出来る限りその希望に応えていくつもりだから、何かあれば遠慮なく言って欲しい。よろしくな」

と、そんな私の言葉に対しメーア達は……それぞれ個性的な表情を浮かべながら「メァーメァー」と声を返してくる。

そしてその先頭に立っていた一人がその前足を上げて、くいと曲げて……その膝を差し出した私の手に当ててくる。

「メァー……メァメァ、メァー、メァ」

未だに何を言っているのか、はっきりとは分からないが、態度からして何か友好的な言葉をかけてくれたのだろうと受け止めた私が笑顔を返していると……背後から伯父さんが声をかけてくる。

「……服が汚れるだけだから、そんな真似をするなだとよ。

握手に関しても、その気持ちは嬉しいが汚れている蹄《ひづめ》では応じられないとさ。

……ま、冬場はどうしてもぬかるんじまうからな、程々にしとけ」

人の往来が激しい広場の雪は、皆に踏まれて蹴られてすっかりと溶けていて……剝《む》き出しとなった土肌は、伯父さんの言う通りぬかるんでしまっていて……私は無言ですっくと立ち上がる。

そうして膝の汚れが染みになる前に拭った方が良さそうだと判断した私は……汚れを落とす為の道具が揃っているだろう、竈場《かまどば》へと足を向けるのだった。

翌日。

よく晴れた冬空の下、新しくイルク村の仲間となったメーア達のユルトを村の北側に6軒……6家族分建て終えた私は、それぞれのユルトに住むことになるメーア達の名前を……広場のあちこちで日光浴をしている彼らの姿を眺めながらぼんやりと考えていた。

エゼルバルド達の時でさえ大変だったのだが、まさか18人同時の名付けをすることになるとは……と、頭を悩ませていると、フランシスとフランソワの六つ子達が、弾む足取りでなんとも楽しそうに広場を駆け回っていって……新たな仲間となったメーア達に鼻を押し付け、体を押し付け、挨拶をしていく。


「ミァーミァー！」

「ミァミァ！」

「ミアッ!!」

「ミァ〜ミァ〜」

「ミ〜……」

「ミ〜ァ〜」


今回野生のメーア達が仲間になったことを誰よりも喜んだのがこの六つ子達だった。

純粋に仲間が増えたということも嬉しいのだろうし、父親が長《おさ》の群れが大きくなったということも嬉しいのだろうし、構ってくれるというか遊んでくれる相手が増えたことも嬉しいのだろう……以前は外の寒さを嫌がってユルトの中に籠《こ》もってばかりだったというのに、寒さなどまるで感じないとばかりに元気に村の中を駆け回り続けている。

そして元野生のメーア達もなんとも嬉しそうに六つ子達のじゃれつきを受け止めてくれて……鼻と鼻をくっつけあったり、毛繕いをしてくれたりと、様々な方法で六つ子達と触れ合ってくれている。

そんな微笑ましい光景を尚もぼんやりとしながら眺めていると……イルク村の上空を、優雅に飛んでいたサーヒィがゆっくりと高度を下げてきて、使わない時は広場に立てておくことになっている、止り木杖へとばさりと降り立つ。

「周囲にこれといった変化や異常は無し、空気も良い感じだし……当分は晴れの日が続くだろうな。……で、名前の方は決まったのか？」

降り立ち翼を畳み込んだサーヒィにそう言われて、私は首を左右に振ってから言葉を返す。

「それが中々上手くいかなくてな。全員を同じメーアだからとひと括りにして名付けてしまえば簡単なのだろうが……それぞれ家族が違うからなぁ。

家族の繋《つな》がりを感じられるように、分かりやすくする為に、家族ごとにそれぞれの名付けを行うべきだと思うのだが……ここまで数が多いとそれも簡単ではなくてなぁ」

「元々名前がなくても暮らしていけてた連中なんだから、そこまで悩まなくても良いと思うが……。まぁ、うん、そのうち子供も出来るんだろうし、そこら辺を見越した上での名付けをしておけば今後が楽になるんじゃないか？」

「うーむ……改めて本人達に希望を聞いてみて、後は村の皆の意見も聞くとしようかな。

誰かが良い案を持っているかもしれない」

「誰か、ね。それなら領民が増えて嬉しそうにしてる連中に聞いてみたらどうだ？　きっとご機嫌で良い案を考えてくれるだろうよ。

空から見ていたが……あの細っこい奴、ヒューバートだっけ？　アイツはやることが尽きないのが楽しいって感じで休むことなく村中を駆け回っていたし、婆ちゃん達もメーアの毛を両手で抱えて忙しそうにしながら仕事が増えて楽しいって、そんなことを言い合ってたぜ？

普通は暇な方が良いって、忙しくなったことを嫌がるもんだろうに……この村の連中はそこら辺がかなーり変わってるよな。

怠け者がいないっていうか、怠けることなんてそもそも頭に無いっていうか……うん、オレの目に入り込んだ怠け者は、あそこにいるアイツだけだったな」

と、そう言ってサーヒィはその翼でゾルグを……昨日一旦鬼人族の村に帰り、今朝になってまた遊びにきたゾルグを指し示す。

ゾルグは広場の隅でセナイとアイハンを前にして……狩りのなんたるかを、鷹狩りのなんたるかを楽しそうに語っていて……セナイ達もまた楽しそうにその話に聞き入っている。

「ま、まぁ、セナイ達に色々なことを教えてくれているって意味では、怠けているとは言い切れない……と、思うぞ」

その様子を見ながら歯切れ悪く私がそう言うとサーヒィは、その頭を左右に振りながら言葉を返してくる。

「いやいや、アレは駄目だろ。

　セナイ達と話すのが楽しくて仕方ないっていうか、オレはこんなことを知ってるんだぜっていう知識自慢をしたいだけっていうか……少なくともアレは働き者が見せる光景では無いと思うぞ？

　そもそもアイツの仕事場は向こうの村な訳で……それなりの責任者でもあるんだろ？

……そんな奴がここで何をしてるんだよって話だよ。

　オレ、狩りに行く前にアルナーから、アイツは女絡みでやらかしたことがあるような奴だから気をつけろって、そんな話をされたんだけどさ……なんか、今まさにその再現があそこで起きようとしてるんじゃないかって、不安になってるよ」

　そう言って細めた目でゾルグを見やるサーヒィ。

　その言葉を受けてゾルグのことをじぃっと見つめた私は……その場へとズンズンと大股で近づいていくアルナーの姿を見て、声を上げる。

「……いや、まぁ、大丈夫だろう。イルク村にはアルナーがいるし、鬼人族の村には族長のモールがいる。

　いくらゾルグが怠け心に負けてそうしたいと思ってしまったとしても……本気で叱って止めてくれる人が側にいればそうはならないはずだ」

　私がそう言った瞬間、アルナーの怒声が……本気で怒っているのではなく、ゾルグの為を想って張り上げているらしい大きな声が周囲一帯に響き渡って、なんとも楽しそうに語り続けていたゾルグの表情が一瞬で恐怖のそれへと変貌し、その身を震え上がらせる。

こんな所で何をやっている。

鬼人族の村にいなくていいのか。

重要な仕事を任されたんだろう。

その期待に応えなくてどうするんだ。

両手を腰にやって、大きく肩を怒らせて……真っ直ぐにゾルグのことを見つめながらアルナーがそんな感じの言葉を投げつけると、それを受け止めたゾルグは、セナイとアイハンに一声かけて……そうしてから大慌てで駆け出し、鬼人族の村の方へと逃げるように走り去っていく。

するとセナイとアイハンが、何処か申し訳無さそうな顔をしてアルナーに謝ろうとする……が、すぐにアルナーは二人に叱った訳じゃないと、二人が悪い訳じゃないとそう言って……最近少し背が伸びて大きくなった二人の頭をそっと撫でてやり、二人の手を取って竈場の方へと歩いていく。

「……な？　大丈夫だったろう？」

その光景を見やりながら私がそう言うと、サーヒィは「まいったまいった」とそう言って、翼の手入れをし始める。

そのクチバシで丁寧に翼を整えていって……何度かバサリバサリと翼を振るって形を整えて……そうしてから羽ばたき再度空へと飛び上がったサーヒィは……そう時間が経たない内にバサリと羽音を上げて止り木杖へと舞い戻ってくる。

「おい、ディアス。なんか変な連中が東の方からやってくるぞ。犬人族と荷車と……なんかこう、変な格好をしたオッサンが率いる感じで！　……あれは知り合いか？　それとも余所者か？　余所者なら皆に知らせた方が良いか？」

止り木杖に戻ってくるなりサーヒィがそんなことを言ってきて……少しの間考え込んだ私は、その一団が何者であるかに思い当たって「ああ！」と声を上げて手を打つ。

「サーヒィ、その一団に関してはイルク村の仲間だろうから、皆に知らせたりはしなくて良いぞ。……それと……その、なんだ、サーヒィが変な格好をしていると思った……思ってしまった子は、おっさんとかそういう言葉を投げかけると傷ついてしまうだろうから、決して言わないように気をつけてくれ」

私が真剣な表情で真剣な声でそう言うと、サーヒィはその深刻さが伝わったのか、何も言わずにごくりと喉を鳴らし……真顔でこくりと頷いてくれる。

そうして私がサーヒィに、エリー達のことを……隣領に商売に行っていた面々のことを詳しく話していると……東の方から「わぅーん！」と犬人族達の遠吠えが響いてくる。

イルク村を見たことで気持ちが抑えられなくなってしまったのか、早く我が家に帰りたいとの気持ちが溢れてしまったのか……あるいは帰還を報《しら》せる合図なのか。

その遠吠えは一団がイルク村に到着するまで、何度も何度も途絶えることなく繰り返されるのだった。

遠吠えを上げながら帰還したマスティ氏族を中心とした犬人族達が、ソリ足を装着した荷車を倉庫側に置くなり、一斉に私の下へと駆けてきて、それぞれに帰還の報告をし始めてくれる。

おかえり、無事で良かった、お疲れ様、ありがとう、そんなことがあったのか。

と、それらの報告にそんな言葉を返しながら一人一人、頭や体を撫で回してやって労っていると……そこにエリーが手に持った一枚の紙をひらひらと振りながらやってくる。

「ただいまもどりました」

「ああ、おかえり」

エリーの丁寧な挨拶に私がそう返すと、エリーが笑顔でその紙を差し出してきて……積荷の目録らしい紙を受け取った私は、早速それに目を通していく。

干し草　１５０束。

砂糖　10壺。

紅茶　５瓶。

干し肉　20箱。

他にも木の実やチーズやバター、酒樽に干し野菜に干し果物、多種多様な香辛料や、建材資材の名前と、かなりの量を示す数字がつらつらと書かれていて……私は一旦目をこすり、エリーの顔を見て倉庫の方を見て……もう一度目録に目を通してから声を返す。

「……いくらなんでも多すぎないか？　これだと荷車数十台分になりそうなんだが……？」

「お父様がフレイムドラゴンなんて狩っちゃうからそうなっちゃったのよ。

　メーア布だけだと正直、干し草と砂糖と干し肉くらいだったのだけど、ドラゴンの素材となると、どうしてもこうなっちゃうわよね。

　当初の目的通り、メーア布がどれくらいの価値になるのか、どれくらいの干し草が買えるのかとかはしっかり記録してあるから安心して頂戴。

　目録に無い家畜に関しては、まだ詰めきれていないからもう一度向こうに行って交渉してくるつもりよ。

　そうやって交渉しながら何度かこちらとあちらを行き来して……大体10回くらいの行き来で目録にある品物全てと、それと向こうからのお礼の品もあるそうだから、それらを運んでくるつもりよ。

……とりあえず今日のところは我が家でゆっくり休ませてもらうけどね」

「なるほど……分かったよ。エリーもありがとうな、ゆっくりと体を休めてくれ」

　私がそう言うとエリーは笑顔で頷いてくれて……そうして顔を上げるなり「あっ」と何か思い出すことでもあったのか、声を上げる。

「いけないいけない、忘れてたわ。

　村に来る途中……村からそう遠くない所で干し草の匂いでも嗅ぎつけたのか黒ギーに襲われちゃ

って、それをマスティちゃんと私とで殴り……いえ、張り倒したのよ。倒したは良いけど流石《さすが》に重すぎて運べないからって、血抜きと下処理だけを済ませてそのままそこに放置してあるの。

私は積み荷の整理とかヒューバートへの報告もしなくちゃいけないから、お父様の方で回収に行ってくれないかしら？　そう時間も経ってないから平気だと思うけれど、狼とかに食べられちゃってたら……まぁ仕方ないと諦めるしかないわね」

その言葉に分かったと頷いた私は……狼がいた時に備えて戦斧を取りにユルトへと戻り、アルナーや村の皆に少し出かけてくると声をかけて回る。

私がそうしている間に、エリーの人柄を見極める為なのか何なのか……一旦上空に退避していたサーヒィがエリーの側へと降り立ち、挨拶をし……それを受けて「でっかい上に喋った!?」なんてエリーの野太い悲鳴が響き渡る。

そんな悲鳴を聞いた村の皆が気持ちは分かると笑い声を上げる中……私は「手伝いますよ！」と声を上げてくれた何人かの犬人族達と共に、エリー達の足跡とソリの跡を遡る形で雪を踏み進み……件《くだん》の黒ギーがいる場所へと到着する。

雪の中に倒れ伏す黒ギーは、エリー達がそうしたのか結構な量の雪で覆われていて……雪の様子を見る限り、狼などに荒らされた様子は無いようだ。

雪を払って黒ギーの様子を確認し、特に問題無いようなので持ってきた布で包んでから担ぎ上げ……尻尾を振り回す犬人族達に先導される形でイルク村へと戻る。

すると、干し肉作りを得意としているアリダ婆さんが良い笑顔で待ち構えていて……一緒に竈場へと移動し、アリダ婆さんが竈場の側に用意してくれていたらしい木の板の上へと黒ギーをそっと置いて……皆で一緒に感謝の祈りを捧げたなら、アリダ婆さんや犬人族、婦人会の面々に手伝ってもらいながらの解体作業が始まる。

柔らかく美味しい部位の肉は今日の夕飯用ということでアルナー達に手渡し、筋張って硬い肉は干し肉用ということでアリダ婆さんに手渡し……それをなんとも嬉しそうな笑顔で受け取ったアリダ婆さんは竈場の一画に準備しておいたらしい、干し肉作りに必要な品々が揃っているところへとそれを運んでいって……まな板の上にどさりと投げ下ろす。

そうしたなら大きなナイフを手に取り、それで肉塊を適当な大きさに切り分けていって、切り分けた肉塊にザクザクとナイフを刺していって……これでもかと刺して穴だらけにしたなら、塩と砕いた乾燥ハーブを塗り込んでいく。

「ヒッヒッヒィ、たまんないねぇ……こんなに上等な肉ならさぞや美味しい干し肉になるんだろうねぇ。

残さずみぃんな美味しくしてやるからねぇ」

なんてことを言いながら塩もたっぷり、ハーブもたっぷり塗り込み……塗り込んだなら薄布に包んでしっかりと縛る。

　そうやっていつも通りの干し肉の下拵えを済ませたなら……残りの肉には香辛料をたっぷりと使っての、今までにない味付けを施していく。

「塩と香辛料とニンニクと……この組み合わせで恐らくは美味しくなるはずだけどねぇ、何しろ初めてだからねぇ、どうなるかねぇ。

……ま、もし不味くなってもちゃぁんと責任を持って食べてあげるから安心おし」

　アリダ婆さんがそんな風に肉に語りかけながら作業を進めていると……そこにヒューバートがやってきて、解体作業中の私や犬人族達を見て、干し肉作りをしているアリダ婆さんを見て……それからアリダ婆さんの側の塩壺を見て、なんとも言えない渋い顔をしながら私に声をかけてくる。

「あの、ディアス様……質問が、とても大事な質問があるのですが、よろしいでしょうか？」

「ああ、構わないが……何かあったのか？」

　作業の手を進めながら私がそう返すと、ヒューバートは塩壺の方を見やりながらその質問とやらを投げかけてくる。

「……塩についてなのですが、この領地ではどうやって手に入れているのですか？

　今回の目録に目を通した所、隣領からは仕入れていないようですが……」

「塩か？　塩ならペイジン達との取引で買ったり、エルダン達からもらったりしたこともあったはずだし……それと最近は犬人族達が岩塩を拾ってきてくれるな。

　確か……南の荒野で拾えるんだったか？」

そう私が周囲の犬人族達に言葉を投げかけると、解体を手伝ってくれていた犬人族達は「そうです！」と力強く頷いてくれる。

するとどういう訳かヒューバートは物凄い、苦いハーブを口いっぱいに頬張ったかのような表情になって俯き……そうしてからこめかみを指でぐりぐりと押しながら言葉を返してくる。

「その荒野とは一体どの国の、どの勢力の土地なのでしょうか……？」

何者かが暮らしている土地なのでしょうか？」

「いや、アルナーからは無人だと聞いているな。

……植物や木などはほとんど生えていないそうだから、あそこで生きていくのは不可能だとかなんとか」

私がそう言うと犬人族達が「動物も鳥もほとんどいません！　虫はたまに見かけます！」なんて声を上げる。

その声を受けて俯いていたヒューバートは、天を仰ぎ、大きなため息を吐き出してから、私の顔をじぃっと見つめてきて……重い声を返してくる。

「つまりこの草原の南には無人の荒野が広がっていて、そこには拾って来られる程の岩塩があって……何度も何度も、塩の確保の為に足を運んでいると？」

「私はまだ荒野には行ったことはないのだが、そうなるな。

アルナー達によると、荒野の岩塩は岩塩で悪くないんだが……ペイジン達の作る海の塩にはまた別の味わいがあるとかで、それで外からも買っているらしい。

まぁ、そちらはあくまで贅沢品なんだそうで、基本的には荒野の岩塩を使って暮らしているそうだ」

「なる……ほど。ここでの生活には南の荒野の岩塩が欠かせないと、そういう訳ですか……。

……それならば！　何故！　どうして！　荒野を領地として確保していないのですか！

貴方は公爵で、ある程度の裁量が与えられているのですから、生活に欠かせない土地はまず真っ先に確保しなければならないでしょうに！

仮に他国に荒野を占領されてしまった場合、塩の確保はどうなさるおつもりだったのですか!!」

喋っている途中で熱がこもってきたらしいヒューバートが、そんな大声を上げてきて……それを受けて私は思わず作業の手を止めて「おお！」と声を上げてしまう。

そこまで深く考えていなかったというか、気にしていなかったというか……そう言えば公爵には領地の裁量権とかいう、そんな権利があったのだなと思い出し……南の荒野が無人なのであれば確かに、誰かに取られる前に確保してしまうのも悪くない手なのだろうなと納得し、深く頷く。

「なるほどなぁ、そこまで考えたことはなかったなぁ。

……で、無人の土地を確保する場合、具体的に何をしたら良いんだ？　ここは私達の領地ですと看板でも立てたら良いのか？」

頷きながら私がそう返すとヒューバートは、すでにかなりの渋面となっていた表情を更に更に渋いものとして……そうしてからガクリと項垂れ脱力し、今までに無い程の大きなため息を吐き出すのだった。

翌日。

南の荒野を私達の領地にするにはどうしたら良いか。

そう尋ねてヒューバートから返ってきた答えは「出来る限りのことをする」という、なんともふわっとしたものだった。

まずは荒野に本当に誰もいないのか、荒野を住処としているものがいないのかを調査する。

次に荒野がどんな地形となっているのか、どれだけの広さとなっているのか、岩塩以外に何があるのかを調べ上げて……荒野の地図を作り、それらの情報を記載する。

地図が出来上がったならそれを王様の下へと送り、王様に領地を獲得したとの報告をする。

そうしたなら私が言ったような看板を立てるなり、岩塩採取用の小屋を建てたりして、荒野を私達が領有しているということを、普段から利用しているということを出来る限りのことをして分かりやすく示しておく。

「いくら王国の法でここを我々の領地だと定めようとも他国からしたらそんなことは知ったことではありません。

そこが他国の領地であると承知した上で、欲のままに奪いに来るような連中もいるのがこの世の中なのです。

……ですが、そうだとしても大義名分というのは重要なものでして……それがあることで戦前、戦後交渉が有利に進んでくれたり、自国兵の士気に影響したり、あるいは敵国民の民心に影響したりするのです」

ナルバントが作ってくれたソリと車輪の切り替え可能な荷車に乗って、何人かの犬人族達に牽《ひ》いてもらって……そうしてたどり着いた草原の南。

雪が薄まり枯れ草が顔を出し、ゴロゴロとした石や岩が転がる荒野の入り口で、荷車から降り……荷車の振動がきつかったのか震える足でどうにか立ったヒューバートが私に向けての説明を尚も続けてくる。

「日々の生活に利用している我らが領地に暴虐なる侵略者がやってきた。

他国の領地だった場所に自国の兵士達が無理筋な理屈をつけて侵入した、奪い取ろうとし……その結果戦争になるかもしれない、多くの人が死んでしまうかもしれない。

こういったことによる士気の増減、民心の乱れは侮れないものがあります。

侮れないものがあるからこそ、出来る限りのことをして、ここを無人の荒野ではなく、我々の領地であると内外に向けて主張しておく必要があるという訳です。

そうしておけば他国の野心を抑え込めるかもしれませんし……いざ何かがあってもこの荒野を失

わずにすむかもしれません。

実際にそういった事態が起きた際には様々な交渉をしたり、軍を動かしたりする必要も出てくる訳で、そう単純な話でもないのですが……それでも手を尽くしてここが自分達の領地であると、強く主張出来るようにしておくということは、今後のためにとても重要なことなのです」

随分と長かった……早朝にイルク村を出てから、ここに到着するまで延々と続いた、そんな説明をどうにかこうにか飲み込んだ私が「なるほど」とそう言いながら頷くと、分厚い革のマントとフードに身を包んだヒューバートはなんとも満足気な笑顔で頷き、マントの下に背負っていた革鞄をそっと下ろし、その中から紙束や炭片と……それと以前ペイジンが譲ってくれた地図やら遠眼鏡やら色々な道具が入っていた箱を取り出す。

「……ご納得頂いたところでまずは、自分達が暴虐なる侵略者になってしまわない為に、この荒野が本当に無人なのか、その調査を進めていくとしましょう。

そうしながら大雑把な地図を作っていって……調査が終わり次第にその地図を見ながら本格的な地図作りを始めて……この荒野がどのくらいの広さなのかにもよりますが、春がやって来るまでには大体の作業を終えられるはずです。

ああ、ご安心ください、それらの作業は自分が中心になって行いますので、毎回毎日ディアス様にご足労いただく必要はありません。

今回ご足労頂いたのは、領主として一度は足を運んで頂きたかったのと、今ほどしたような説明を、現地を目にしながら……その実感を確かなものとしながら聞いて頂きたかったからです」

そう言って説明を終えたヒューバートが私のことをじっと見つめてきて……私はもう一度「なるほど」と、そう言いながら頷く。

するとヒューバートは先程と全く同じ笑顔で頷いてくれて……そうしてから鞄から取り出した箱の蓋を開けて、その中にある様々な道具を……名前はもちろん、使い方も、どういう道具なのかも分からなかった品々をそっと撫で始める。

「それにしてもまさか倉庫の目録作りをしていたら、こんなにも精度の高い測量道具を見つけることになるとは思ってもいませんでしたよ、以前行商人から譲ってもらった……とのことでしたか。

方位磁石に遠眼鏡に、刻まれている文字は読めないものの正確な目盛りのついた象限儀《しょうげんぎ》にものさし……これだけあればかなりの精度の地図が描けることでしょう。

その上我々にはサーヒィ殿という空からの目もある……ふ、ふ、ふ、胸が躍りますね」

どうやらそれらの名前と使い方を知っているらしいヒューバートはそう言って……今から使うらしい遠眼鏡などを手に取り、口元をくいと上げてなんとも言えない笑顔を作り出していく。

「……おい、ディアス。アイツの笑顔……なんだか物凄いことになってないか?」

それを見てなのか荷車のふちに足をかけ、羽繕いをしていたサーヒィがそんなことを言ってくる。

今回荒野の調査にやってきたのは、私とヒューバートとサーヒィ、それとマスティ氏族を中心とした犬人族達で……ヒューバートはその知識で、サーヒィはその目で、犬人族達はその鼻で、活躍してくれるに違いない。

そうなると正直、私の出る幕は無いと言うか、私に出来ることは一つも無さそうなのだが……ヒューバートの話によると一度は来る必要があったようだし、仕方ないと思って今日の所は皆の手伝いに徹するとしよう。

「……と言うかディアス。

お前ずっと……イルク村からずっと考え事をしてるっていうか、何か悩んでるみたいだけど、一体全体どうしたんだ？」

サーヒィが更にそんな声をかけてきて……色々と頭を悩ませていた私は、ため息を吐き出しながら言葉を返す。

「はぁー……いや、ほら、メーア達の名前が未だに決まってなくてな……ヒューバートの話を聞いている間もずっと考えていたんだが……どうにもさっぱりでなぁ」

「い、未だにそのことで悩んでいたのか？

ど、通りで言葉が少ないというか『なるほど』としか言わない訳だ。

……とりあえずそのことは後回しにして良いんじゃないか？　今は領主として色々考えることがあるだろう？」

「……そうか？　ヒューバートに任せておけばそれで良いというか、私の出る幕は無さそうに思えるんだが……。

そんなことよりも名付けの方が重要というか、疎かにする訳にはいかないというか……。

メーア達が村に馴染む為にも重要なことだしなぁ……出来るだけ早く名付けてやりたいのだがなぁ……うぅむ」

「た、確かに名付けも重要だけどよぉ……。

たとえばオレ達が調査をした結果、この荒野に住人がいました、誰かの住処でしたってなったら、どうするんだよ？

その時はやっぱディアスの出番っていうか、群れの長としての決断が必要になってくるんじゃないか？」

「うん？　決断も何もその時は隣人として仲良くしていこうって挨拶をするだけの話だろう？

岩塩に関してはメーア布か食料との交換で貰えば良いのだろうし……本当にこんな寂しい土地で暮らしている者がいるとしたら、食料や衣服は喜ばれるに違いない。

……もしかしたらこの荒野で暮らしていけるような、私達の知らない知識とか技術とかを持っているかもしれないし……いっそ誰かが住んでくれていた方が私達にとってはありがたいのかもしれないなぁ」

ぼんやりと荒野を……石と岩と剝き出しの土だけの、なんとも寂しく寒々しい光景を眺めながら私がそう言うと、サーヒィは何故だかぽかんとした顔をし、クチバシを大きく開けて黙り込む。

それから少しの間があってからサーヒィは「ふはっ」と吹き出し、カチカチとクチバシを鳴らしながら笑い声を上げる。

「ふへっへっへっへ……な、なるほどな、それがお前の考え方って訳だ。

　オレはまたなんだってこんな少人数で行くんだって不思議で仕方なかったんだが……そうか、アルナーもクラウスもそこら辺のこと理解した上でついて来なかったのか」

　そう言って畳んだ翼をバサバサと揺らしながら私のことを変な目で見やってくるサーヒィに……私はなんと返して良いものやらと首を傾げる。

　そのまま私が言葉を返せないでいると……何かの準備が終わったらしいヒューバートが、箱を荷車の荷台へと戻し……遠眼鏡と方位磁石とやらをしっかりと握りながら声をかけてくる。

「……では、まずは普段から岩塩を採取しているという、岩塩鉱床へと向かうことにしましょう。

　その鉱床にどれくらいの岩塩があるのか、何年先まで採掘出来るのか……それによってこの荒野の重要度が変わりますからね」

　その言葉に私が「分かった」と頷くと、同じく頷いたサーヒィは空から周囲の様子を確かめるために翼を広げて高く飛び上がってくれて……そうして私達は既に何度か岩塩を取りに行ったことがあるという犬人族達の案内に従い、岩塩鉱床へと向かうのだった。

荒野で―――ヒューバート

八角形の木製の箱の中心に磁石の針を設置し、ガラスの蓋でそれを覆った作りの方位磁石を時折見やりながら遠眼鏡を覗き込み、各方角に何があるかを確認しながら歩を進め。

そうやって犬人族達が「あっちにあるよ！」と教えてくれた岩塩鉱床へと向かうヒューバートは、弾む心の中で色々な事を考えていた。

下賤《げせん》とされている獣人の血を引いている学問しか取り柄がない自分に目をかけてくれて、官職に拾い上げてくれた王の勅命により、辺境開拓の一翼を担うことになり、全くの手付かずの辺境を開拓出来ることになり……自分の中に溜め込んだ知識の全てを発揮出来るとなって、大喜びしていたのが去年の冬の終わり頃で……。

それから紆余曲折を経ることになり、冬が来るまで彷徨《さまよ》うことになり、ようやく開拓地へとたどり着くことが出来て……。

……そして今自分は、新たな領地獲得という大功を立てようとしている。

こんなにも嬉しいことがあるだろうか、こんなにも誇らしいことがあるだろうか、こんなにも興奮することがあるだろうか。

何もない未開拓地で、自らの腕を存分に振るえるというのは、内政官としてたまらないものがある。

初めてイルク村を歩いて回ってその仔細を確認した時には、こんなにやりがいに溢れている村があるだろうかと興奮してしまったものだが……今のこの興奮はそれとは全く比べ物にもならないもので、あの時の数倍は……いや、数十倍は胸が高鳴っていて、喉の奥から心臓が飛び出してきそうな程だ。

交易路が出来つつあり、しっかりとした特産品があり、更に塩まで採れるとなったら、一体どれ程の収益が上がるのだろうか、どれ程の書類仕事が出来るのだろうか、この地をどんなに豊かに出来るだろうか……。

そしてそれらのことが上手くいくかどうかは、この自分の双肩にかかっている訳で……内政官冥利に尽きるとはこのことかと、そんなことを考えたヒューバートは、興奮のあまり思わず身震いをしてしまう。

風も吹いていないのに唐突に身震いなどしてしまって、変に思われただろうかと振り返り……後方でソリ足を車輪へとつけかえた荷車を牽いている……公爵であり領主のディアスへと視線を向けるが、ディアスはこちらを気にした様子もなく周囲をきょろきょろと見回していて……荷車の持ち手をしっかりと掴みながらのっしのっしと歩を進めている。

その荷車の荷台には荒野まで荷車を牽いてくれた犬人族達の姿があり……、

『よし、ここらで交代するとしよう。ここまでの道中で疲れたのだろうし……私が荷車を牽く間は荷台の上で休んでくれて良いぞ』

とのディアスの言葉を受けて荷台で休憩することになった犬人族達は、荷車の壁の縁に両手を乗せてちょこんと座り、なんとも楽しそうな笑顔で周囲の景色を楽しんでいた。

まさか公爵が自らそんなことを言い出すだなんて……。

王都の人々ならば……王国の『常識的』な人々であれば、公爵ともあろう者が何を馬鹿なことをと嘲笑し、蔑んだのだろうが……ヒューバートはそうは考えずに、そんなディアスのことを好ましく思っていた。

初対面で自分の言葉を聞き入れてくれた。

初対面の自分を信頼し、様々なことを任せてくれた。

自分の言葉一つ一つにしっかりと向き合ってくれて……素直な感謝を返してくれる。

知るべきことを知っていないというか、公爵として足りない部分があるにはあるのだが、そのことを自覚しており、自覚しているからこそ怠けることなく勤勉で……時折考え事をしているのか、返事が曖昧な時もあるが……それでも彼は自分の話をしっかりと聞いてくれていて、ただ聞くだけでなく実際に行動に移してくれてもいる。

「やはり誰かが住んでいるような様子は見当たらないな……。

犬人族達の鼻にも引っかからないようだし……サーヒィ！　そこから何か見えるか！」

と、そんな声を上げたディアスは『まずはこの荒野が本当に無人なのかを調査する』とのヒューバートの言葉を受けてなのか先程からそうやって、周囲の様子へと意識を向けていた。

「いや！　何も見えないな！　無人っていうか、獣の姿も見当たらないぞ！」

空からそんな声を返してくれるサーヒィの目と、犬人族達の鼻と、ヒューバートが手にしている遠眼鏡があれば、ディアスがわざわざ何かをする必要は無いように思われるのだが、それでもディアスは懸命に周囲を見回していた。

「そうか、本当に誰も住んでいないんだなぁ……」

そう言いながら尚も周囲を見回して……そうして唐突に何か思いついたことでもあるのか、ハッとした表情を浮かべて……、

「あ……！　ミュレイア……いや、メァレイアの方がメーアらしいか」

と、そう言ってディアスはメァレイアとの名を何度も呟いて……しっくり来るものがあったのかこくりと頷く。

その様子を見ていたヒューバートは、忙しい人だなと、そんなことを思いながら小さく笑い……そうしてから自分も自分のすべき事をしようと視線を前方へと戻し、方位磁石と遠眼鏡を使っての確認を再開させる。

ディアスとはつまり、こういう人物なのだろう。

じっとしているよりも働いていたい、座学よりも体を動かしている方が良い。

やるべきことには全力で取り組んで……全力が過ぎて効率が悪くなってしまうこともある。

名前を考えるのなんて後でやれば良いのにと周囲が言っても、名前を待っているメーア達に申し

訳がなくてそれが出来ない。

もしかしたら人はそれを馬鹿だと言うのかもしれないが……ヒューバートにとってはそんな所がとても好ましく思えた。

本物の馬鹿というのは、剝き出しの嫉妬心をぶつけるばかりで仕事をしなかった元同僚や、生まれだけが立派で無能を自覚せず他者の邪魔ばかりしていた元上司のことを言うのだろう。

そうした馬鹿共がいないこの仕事場は、ヒューバートにとってとても仕事がやりやすい、居心地が良いものであり……その居心地の良さがヒューバートの興奮を更に強いものとしていた。

そうして更に心が弾み、足取りが軽くなり……ヒューバートがずんずんと足を進めていると、空を舞い飛ぶサーヒィが大きな声を上げてくる。

「お、おい、前方に何かとんでもないものがあるぞ！　何かっていうか……あれか、あれが岩塩鉱床なのか!?」

その声を受けてヒューバートはすぐさまに遠眼鏡で前方を見やり、その何かとんでもないものを見つけようとするが……方角が間違っているのか何なのか、それらしい物は何処にも見当たらない。

「そこからだとまだ見えないだろうな！　もう少し足を進めれば……アレが嫌でも見えてくるはずだ！」

サーヒィが続けてそう言ってきて……逸《はや》る気持ちに負けたヒューバートは遠眼鏡と方位磁石を懐の中にしまってから駆け出し、少しでも早くそれを視界に入れようとする。

とんでもない岩塩鉱床とは一体どのようなものなのか……もしかしたらもしかすると、とんでもない埋蔵量の、空から見て分かる程の大鉱床なのだろうか。

そう思ったら居ても立ってもいられず、駆けて駆けて息を切らして……そうしてサーヒィが言うソレを目にしたヒューバートは、唖然とし……何も言えずにその場に立ち尽くす。

それから少しの時が流れて、荷車を牽くディアスが追いかけてきて……そしてヒューバートが唖然としながら見やるソレを視界に収めたディアスは感嘆の声を上げる。

「おお……これはまた凄いな、まるでスープ皿じゃないか……。岩塩を拾ってくると言うから、どんな風になっているかと思えば……まさか岩塩だけの大地があるとはなぁ」

ディアスの言う通り、ヒューバートの眼前にあるそれは、一面に広がるそれは岩塩の大地であり、そこから相当な量の岩塩を掘り出し、持ち出したのだろう……まるでスープ皿のように大地がへこんで……いや、えぐれていた。

一体何年……何十年、いや、何百年かけてこのスープ皿を作り出したというのか、それはもう大き過ぎる程に大きなスープ皿で……そこから歴史の長さを感じ取ったヒューバートは、その圧巻の光景に思わず身震いをしてしまう。

そうして先程よりも強く、長く身震いをしながらヒューバートはふらふらと岩塩の大地へと近づき……スープ皿の縁に立ち足元に落ちている岩塩の欠片を拾い上げる。

雨に打たれ土にまみれて薄汚れているが、汚れを払ってやるなり割ってやるなりしたなら赤みがかった綺麗な白色を見せてくれる。

割った断面を舐めたなら独特の旨味があると言うべきか、複雑な味わいの塩味が口の中いっぱいに広がって……そうしてヒューバートはぐっとその拳を握り込むのだった。

岩塩鉱床で――ディアス

スープ皿のような岩塩の大地を見回し……凄い光景だなと眺めていると、拳を握って何やら呟いていたヒューバートが、ハッとした表情となってキョロキョロと視線を巡らせ始める。

「……採取小屋などの人工物は無し……ですか。

まさかこれほどの埋蔵量の岩塩鉱床がどこの国の管理下にも置かれていないとは……。

鬼人族の皆さん以外に誰もここに気付かなかった……と？

い、いやいや、まさかそんなことがある訳――」

視線を巡らせながらブツブツとそんなことを言い始めるヒューバートを見て私は……長くなりそうだなと頷き、荷車をそこら辺に置いてから……スープ皿の中へと進むための、他に比べて一段と緩やかになっている傾斜道を見つけて下っていって……鉱床の様子を詳しく調べてみるかとスープ皿の中央へと向かっていく。

足を進める私の周囲を、鼻を鳴らす犬人族が囲ってくれて、サーヒィは上空から何か無いかと見渡してくれて……一人だけ置いていかれたことに気付いたらしいヒューバートが慌てて追いかけてきてくれて、そうやって皆で奥へ奥へと進んで、もうすぐスープ皿の中央だというところまで足を進めると、上空のサーヒィが突然、何があったのかもの凄い勢いで高度を下げてくる。

それに合わせて私が片腕をくいと上げてやると、サーヒィはそこに降り立ち……まるで目を回しでもしたかのようにフラフラとし始めて、私は慌ててそんなサーヒィのことをもう片方の手で支えてやる。

「な、なんだ、どうした？　空で何かあったのか？」

「い、いや、何があったって訳じゃぁないんだが……目眩がするっていうか、頭がふらつくっていうか……とにかく調子が悪いんだ。

でぃ、ディアス……オレは荷車のほうで休んでるよ」

私が声をかけるとサーヒィが弱々しい声を返してきて……そんなサーヒィを荷車まで運んでやろうと踵を返そうとする。

すると私の周囲にいた犬人族の一人、マスティ氏族の若者がすぐ側まで駆け寄ってきて、尻尾をぐったりと下げながら声をかけてくる。

「でぃ、ディアス様、俺達もなんか変です……俺達も荷車のとこで休みたいです……」

その言葉を受けて周囲を見回してみれば、犬人族達皆とヒューバートまでが、力なくぐったりと項垂《うなだ》れていて……一体何事なんだと困惑してしまうが、今は原因を探るよりもここから離れることを優先すべきだろうと考えて、ヒューバートに肩を貸してやり、サーヒィをしっかりと抱きかかえてやり……どうにかこうにか走れるらしい犬人族達と共に荷車の下へと駆け戻る。

そうやって荷車の側まで行くと……ぐったりとしていたヒューバートとサーヒィが顔を上げて、何事も無かったかのようにしっかりと自らの足で立ち……犬人族達の尻尾も力強く持ち上がって左右に振られ始めて……その場にいた全員が困惑の表情を浮かべることになる。

「先程までの気分の悪さが嘘のように……」

「……お、オレもだ、一体全体何なんだ、あんなにも気分が悪かったのにすっかりと治っちまったぞ？」

「お、俺達も元気です、全然気分悪くないです」

ヒューバートとサーヒィと犬人族達のそんな報告を受けて私は、皆のことをぐるりと見回してから言葉をかける。

「……疲れからくるものかもしれないし……皆はここで休んでいてくれ」

それから荷台の上から戦斧を手に取り肩に担いで、一人でスープ皿の中央へと再度足を進めていく。

「でぃ、ディアス様!?　なんらかの毒気かもしれませんし、そんな場所に単身で向かうのはおやめください!?」

「……心配してくれるのはありがたいが大丈夫だ！　どういう訳なのか私だけは気分が悪くなることも目眩がすることも無かったからな！」

背後から大きな声を上げてくるヒューバートにそう言葉を返した私は、慎重にゆっくりと……毒の可能性も考えて、変な匂いがしないかと鼻に意識を向けながら足を進めていく。

そうやって先程引き返した地点まで足を進めるが……体調が悪くなるだとか、気分が悪くなるだとか、そういったことは一切無く……それはそれでどういうことなのだろうかと、どうして私だけ平気なのだろうかと首を傾げてしまう。

ヒューバートは獣人の血を引いているらしいし、獣人にだけ効く毒……とかだろうか？

いやしかし、仮に毒だとしても空を舞い飛んでいたサーヒィにまで影響が出ているのはどうにもおかしな話だよなぁ……。

そもそも岩塩鉱床に毒があったのなら、ここの岩塩を口にした時点で同じような症状になってしまうはず……。

……と、そんなことを考えながら更に足を進めて、ほぼど真ん中と言って良いところまで来てもやはり私の体調に変化は無い。

どうして私だけが平気なのか、何か思い当たることがないかと考え込んだ私は……ふと洞人のオーミュンの言葉を思い出す。

……魔力が無い私には毒の魔法が効かない、そもそも乱れる魔力を持っていないから。

更に特別な力を持っているという洞人の髭で作ったお守りを身に付けていることを思い出した私は……そのどちらかが理由なのだろうと思い至り、周囲に何か……毒の魔法を撒き散らしているような何かはないかと視線を巡らせる。

だが視界に入り込んでくるのは岩塩の大地だけで特にこれといった物は見当たらず、原因の特定は無理かと諦めかけた……その時。

足元の岩塩から何と表現したら良いのか分からない違和感が……薄っすらと漂ってくる。

あえてたとえるなら戦斧の力を発動させた時のような、なんとも言えない違和感を受けて私は……戦斧を構えて足元の岩塩へと思いっきりに叩きつける。

岩塩が割れて破片が周囲に飛び散り……それを何度か繰り返して岩塩を掘り返していると、岩塩の奥に埋もれていたらしい短剣が姿を現す。

握りは戦斧によく似ていて、柄頭には宝石があしらってあり……かなり豪華というか、立派な細工のされた鞘に収まっていて……。

鞘の細工は砂漠にいると聞いたことのある毒虫のサソリを模しているようで……見るからに怪しいその短剣を睨みながら戦斧で砕くべきかと悩んだ私は……ナルバント達が作ってくれたお守りの力を信じることにして、戦斧をそこらに突き立ててから、短剣をそっと手に取る。

手にとって鞘から抜き放ってみると、薄っすらとしていた違和感が確かなものとなり……どうやら戦斧と同質の物であるようだと感じ取った私は、物は試しだと戦斧を直す時のように短剣に毒を放つなと念じてみる。

すると、柄頭の宝石が一瞬だけ弱々しい光を放ち……短剣から漂っていた違和感がすぅっと薄らいでいく。

そうして違和感が完全に消え失せて……違和感も光も何も放たなくなった短剣を何度か振ってみた私は、この短剣と消えた違和感が体調悪化の原因だったのかどうかを確かめるために、荷車の方へと振り返り、

「……サーヒィ、こっちに来てくれないか!!」

と、大きな声を上げる。

誰よりも移動速度が速く、体重が軽いサーヒィならば何かがあっても対処しやすいだろうと考えての私の声に、荷車で休んでいたサーヒィはすぐに応えてくれて……ばさりと飛び上がり、警戒しているのか上空を旋回しながら……ゆっくりとこちらに近づいてきてくれる。

そうやって私の頭上までやって来たサーヒィは、露骨なまでに警戒感を顕《あらわ》にしながら、ゆっくりと高度を下げてきてくれて……私の腕の上にさっと力強く降り立つ。

「またさっきみたいに気分が悪くなったらすぐに逃げてやろうと考えていたんだが……ここまで来ても気分は悪くならないし、目眩も起こらないな。

そうなると……やっぱりそのディアスが掘り返したソレが原因だったか」

遠目でこちらの様子を見ていたらしいサーヒィはそう言って……その鋭い目で短剣のことを憎々しげに睨みつける。

「そのようだ。毒の魔法……正確に言うと体内の魔力を乱す魔法を放つ短剣ってところか。

こんな短剣をよりにもよって岩塩の中に埋め込むとは……余程に性格の悪い者が仕掛けたのだろうなぁ……」

サーヒィにそんな言葉を返してから……この短剣をどうすべきかと悩んでいると、サーヒィが元気な様子を見せているからか、ヒューバートと犬人族達がこちらに駆け寄ってくる。

駆け寄ってきたヒューバート達にもこの短剣が原因らしいこと、魔力を乱す魔法を放っていたらしいことを伝えて……そうしてから皆にこの短剣をどうすべきか、ここで砕いてしまうべきかを相談すると、ヒューバートが間髪を容れずに声を返してくる。

「砕いてしまうのも一つの手だとは思いますが……まずはその短剣のことを詳しく調べてみるべきでしょう。

本当に先程の現象を起こしていたのがその短剣だったのか……仮にそうだとしてその短剣はどこまで制御出来るものなのか……。

もしこの短剣を完璧に制御できるならかなりの利用価値があるはずです」

その言葉に「なるほどなぁ」と呟いた私が、どうしたものかと悩んでいると……サーヒィが翼をぶんぶんと振りながら反論の声を上げる。

「いやいやいや、こんな危ないもんさっさと砕くべきだろうぜ。

鬼人族の連中はたまたまここいらまで足を運んでいなかったようだが、下手をするとそれのせいでぶっ倒れて、そのまま立ち上がれずに死んでいたかもしれないし……そんなもんを村まで持って帰るなんて論外も論外、今ここで砕いちまうのが一番だろうさ」

「それはあまりに短絡的で……ん？　いや、確かに……

……そうですね、そう言われてみれば妙な話ですね。

鬼人族の方々はそれなりの期間……かなりの長い間、ここを利用していたはずなのに、何故この短剣の影響を受けなかったのでしょうか？

受けたなら当然体調悪化のことを知っているはずで、知っているならアルナー様が事前に注意を促してくれるはずで……。

数回足を運んだ程度の犬人族なら偶然近づかずに済んだで終わる話も、長期間となると流石に……。

……鬼人族にだけは効かない魔法を意図的に？

この岩塩鉱床を鬼人族が独占出来ていた理由は……つまり、この短剣にあると？」

サーヒィに反論しようとする中で何か思いつくことがあったらしいヒューバートは、目まぐるしく表情を変えながらそう言って……私の手の中にある短剣のことを、くわりと見開かれた目でもって睨みつけるのだった。


あれから短剣を色々と調べてみた結果、以下のことが分かった。

まずこの短剣は似た気配を持つ戦斧と同じように私にしか扱えなかった。

私が手に取って念じたなら毒の魔法を放つことも、毒の魔法を止めることも可能で……ヒューバート、サーヒィ、犬人族達が同じ様に念じても何の反応も無く、あの妙な違和感も私にしか感じ取る事が出来ないようだ。

次にこの短剣の力は対象を選べることが分かった。

ヒューバートが鬼人族にだけ効かない魔法を……と、そんなことを言っていたので試してみたのだが……サーヒィ以外に毒の魔法を！　と個人名で念じたならその通りになるし、犬人族達以外に！　と種族名で念じても同様だった。

例外というかなんというか、ヒューバートは獣人の血が混じっているためか人間族以外に！　と指定しても毒の魔法の対象になってしまい……亜人、または獣人以外に！　と指定することで対象外になった。

鬼人族以外に！　と念じたなら恐らくはその通りになるのだろうが、しかしこの短剣の力の範囲はとても狭く、私の両手を広げた程度の広さしかなく……この力でもって広すぎる程に広い岩塩鉱床を守るというのは無理のある話だろう。

そうなるとヒューバートが言っていた、鬼人族が岩塩鉱床を守る為に埋めたという話も間違っているというかなんというか……たまたまこの短剣の存在に気付かなかっただけとか、鬼人族にはそもそも毒の魔法が効かないとかの可能性の方があり得るのでは？ と思えてしまう。

……そうした調査を終えて、改めてこの短剣をどうするか……砕いてしまうか、持って帰るか、元の通りに埋め直すかという話になったのだが……鬼人族の所有物かもしれないそれを勝手に砕いたり持ち帰ったりするのはどうにも憚《はばか》られて、かといって今後の調査や採掘の邪魔になるだろうコレをこのまま埋め直すというのもおかしな話で……。

そういう訳で私は、鉱床の調査を続けるというヒューバートと、その護衛役となる犬人族達と、鬼人族達にまた変に絡まれるのはごめんだと、頑なな態度を取るサーヒィと別れて……一人、短剣と戦斧を手に鬼人族の村へと向かうのだった。

鬼人族の村　族長のユルトで――

「なるほどねぇ……そんな訳の分からない力を持った短剣は見たことも聞いたことも無いねぇ。

私達に毒の魔法が効かないなんて話も聞いたことがないし、仮に鉱床を守るために私達のご先祖様が埋めたのだとしても、そんなにも重要な話を伝え忘れるってことは無いだろうしねぇ……アンタ達の見当違いじゃないのかねぇ？」

向かい合う形で座った私が、短剣を取り出しそっと差し出すと……手に取るなりモールがそんなことを言ってくる。

「そもそも念じれば発動するというのもよく分からないしねぇ……。ん……魔力を込めてやれば宝石のように魔力を吸って溜め込むようだが……毒の魔法とやらも違和感とやらも全く感じ取れないねぇ。

……ちなみに私は今、アンタだけに魔法がかかるように念じているが、どうだい？　かかってるかい？」

鞘から抜いた短剣を構えながらそう言って、カッカッカッと笑うモールに私は苦笑しながら言葉を返す。

「あー……その短剣がどうの以前に、私にはそもそも毒の魔法が効かないらしいからな。乱れる魔力が無いから効かないとかなんとか……」

「へぇ……なるほどねぇ……。

……ま、こんな短剣のことはさっきも言ったように見たことも聞いたこともないから、アンタらの好きにしたら良いんじゃないかい？

埋め直そうが砕こうが、持って帰ってどうしようが、私達は気にしないよ。

……そんなことよりも今私が気になっているのは、その荒野と岩塩鉱床の所有権のことだね。

あそこがアンタらの土地になることには反対しないよ、草の生えない土地に興味なんかないからね。

ただ……アンタらの土地になったからと岩塩が拾えなくなってしまうと、こっちとしては困ったことになるんだがねぇ？」

そう言って目を細めてくるモールに、私は分かっていると頷いてから言葉を返す。

「あそこが私達の領地になっても、岩塩の採掘を禁止するつもりはないから安心して欲しい。

元々鬼人族達が先に見つけて使っていた場所なのだから、そんなことはしないさ。

細かい条件は色々と話し合ってから決めることになると思うが……私としては私達と鬼人族達で協力しながら岩塩鉱床を見張って守って……岩塩を採掘しすぎたり売り過ぎたりすることのないように、一緒に管理出来たら良いなと思っているよ。

あれだけの量があるからと言って際限なく売っていたらいつか無くなってしまうだろうし……そうならないようにしていかないとな」

私のその言葉を受けて……細めた目でじっとこちらを見ていたモールはニカッと笑い、短剣を鞘に戻した上でこちらに放り投げてくる。

「そうしてくれるならこっちとしても文句は無いさ。

細かい条件に関しては……暇になった時にゾルグを私の代理として行かせるから、ゾルグと話し合っておくれ」

「分かった、そうするよ」

モールの言葉にそう返した私は……短剣を手に取り、懐にしまい込む。

そうして話すべきは話したかなと立ち上がり……ユルトを後にしようとすると、モールが「ふと思ったんだがね……」と、そんな前置きをしてからなんとも意味深な響きを含んだ声を投げかけてくる。

「……アンタのその斧、その短剣と同じようにアンタにしか使えないとか言っていたね？　他にも何か、そういった物があるのかい？」

足を止めて振り返り……少し考え込んだ私は、思い当たることがあってこくりと頷いてから言葉を返す。

「以前手に入れた火付け杖が同じ感じだな。

……まぁ、アレに関してはベン伯父さんも使えるから、私だけ、という訳ではないが……」

「伯父、ねぇ。そのベンとやらも魔力を持ってないのかい？」

「ああ、そうだな、イルク村で魔力を持っていないのは私とベン伯父さんだけだな」

「……なるほど、ね。その短剣だけどね、さっきも言った通り魔力を流し込んでやると魔力をすいすい吸い込んでくれてね……恐らくは宝石１００個分……いや、もしかしたら１０００個分の魔力を溜め込めるんじゃないかってくらいに底が見えないのさ。

もし仮にその短剣に溢れ出す程の魔力が込められていたら……岩塩鉱床全部を埋め尽くす程の毒の魔法を放てたかもしれないねぇ」

そう言って顔の皺を深くして……笑っているのか怒っているのか訝しがっているのか、なんとも言えない表情をしたモールは……少しの間悩むようなそぶりを見せてから言葉を続けてくる。

「……もし仮にだ。私達があの岩塩鉱床を守ろうと思ったなら、数十個の宝石を使えば良い話なんだよ。数十個の宝石で生命感知の魔法を仕掛けておけばそれで良い。

だというのにそんなのを……宝石１０００個分の魔力を使ってそんなのを使うってのは全く理に合わないじゃないか。

……理に合わないのに宝石１０００個分の魔力を使ってそうしたとなったら、それは私達じゃなくて誰か他の……魔力の価値を知らない者の仕業に思えてしまうねぇ。

……たとえばディアス、アンタのように魔力を持たない血族の誰か……とかね。

魔力を持たない者がどうやってそれ程の魔力を集めたのかって疑問は残るがね……その短剣も斧も、火付け杖とやらも、そんな血族が作った、その血族の為の武器なのかもしれないねぇ。

魔力を持たない血族の為の武器だから、魔力を持っていないアンタやベンにしか使えない……。

……さて、魔力を持たない血族は、一体全体どうしてそんな武器を欲したのだろうねぇ」

そう言ってモールは、カッカカッカと大きく笑い……その笑い声を聞きながら私は、妙に納得したというか、色々な謎が解けたようなすっきりとした気分になる。

この戦斧を手に入れた時私は、一緒に戦っていた皆に戦斧の力のことを、使い方のことを一生懸命に説明した。

私が怪我を負うなどして戦えなくなった際に、この便利な戦斧を皆に使って貰いたいと、そう考えてのことだったのだが……クラウスもジュウハも、志願兵の皆も騎士達も、誰一人としてこの戦斧の力を発揮することは出来なかった。

皆が戦斧の力を発揮できないのは、私の説明が悪いから……私の頭が悪いからかと思っていたのだが……そうではなく、そもそも魔力を持たない私にしか使えないものだったのか……。

クラウスには魔力があるそうだし、ジュウハは多少の魔法を使えると言っていたし、騎士達も確かそんなことを言っていた気がする。

志願兵の皆は……どうかは分からないが、恐らく皆が魔力を持っていたのだろう。

すっきりと謎が解けて、爽やかな気分となって……そうして笑顔となった私はモールに、

「ああ、おかげで色々な謎が解けたよ！　ありがとう！」

との言葉をかける。

その言葉を受けてなんとも意外そうな表情をモールが浮かべる中、私は意気揚々とユルトを後にし……とりあえずこの短剣はベン伯父さんに渡して、私達がいない時の緊急用にでもしてもらおうかと、そんなことを考えながら……イルク村の方へと足を向けるのだった。

イルク村で――アルナー

荒野へと向かうディアス達を見送り、婦人会の皆と家事を済ませ、ディアスがいないからと念の為にぐるりとイルク村の中を見回ったアルナーは……セナイとアイハンや子供達、メーア達や子メーア達に問題が無いことを確認してから、集会所へと足を向ける。

集会所の中にはいくつかの地機《じばた》織り機が壁沿いに、円を描くように横一列に並べられて、すっかりと手狭になってしまったそこにはマヤを始めとした老婆達の姿があり……老婆達がカタンカタンと小気味良い音を立てながら織り機を操る光景を見やったアルナーは、小さく微笑んでからマヤの側へと足を進めて……隣の織り機で精を出していた老婆と交代し、織り機を操り始める。

「ヒェッヒエ、今日も話を聞きにきたのかい？　熱心だね。

……それじゃぁ今日はどんな話をしようかね」

そんなアルナーに対し、そう声をかけたマヤは、織り機を操りながら視線を上げて……頭の中に思い浮かんだ言葉をぽつりぽつりと口にしていく。

「……大昔に滅んだという古代人の話が良いかね、それとも古代人が残した遺跡の話が良いかね、それとも神話……神々の話が良いかね。

何の才も持たない人の為にって凄い力を持った神具を作ってくれた神様の話が良いか、土の中で眠りながら力を蓄えている神様の話が良いか、今も聖地であたし達を見守ってくれている神様の話が良いか……それともやっぱり魔法の話が良いかね？」

マヤのその言葉に対しアルナーは迷うこと無く「魔法の話を」と返し……それを受けて頷いたマヤは、織り機を操る手を休めることなく慣れた様子ですらすらと、自らの知る魔法についてを語り始める。

ナルバント達との邂逅《かいこう》以降、アルナーはそうやってマヤに魔法に関しての知識を教わっていた。

鬼人族達が使う魔法とはまったく違う、マヤが知る魔法のことを……。

今後も魂鑑定魔法が通用しない相手が出てくるかもしれない、そればかりに頼っていては大きな失敗をおかしてしまうかもしれない。

ナルバント達に魔法が通用せず、ディアスに魔法がなくてもなんとかなると言われて、ヒューバートとの邂逅の際には魔法を使わずにその人品を確かめてみたが……本当にそれで良いのか、もっと他に手は無いのかという引っかかりがアルナーの中にあった。

その引っ掛かりは日に日に大きなものとなっていって……一人で悩み、悩みに悩んでから実家の父母に相談し、モールに相談し……そうしてイルク村の相談役であるベンに相談したアルナーは、そこでこんな言葉を投げかけられた。

『焦ってどうこうする前に、まずは色々なことを学んでみると良いのではないかな。

悩むきっかけとなったナルバントさん達に話を聞いてみるのも良い、占いを得意としているマヤさんに話を聞いてみるのも良い。

エリーもあれはあれで全くの無知って訳ではなさそうだから得るものがあるかもしれない。

そうやって広く視野を持ったなら意外な方向から解決策が見えてくるかもしれない、全く新しい魔法を思いつくことがあるかもしれない。

儂《わし》は残念ながら魔法に関する素養が無くて力にはなれないが……この村にはこんなにも多くの人がいて、その分だけの知恵が眠っているんだ、それを活かさない手は無いと思うがね？』

微笑みながら優しく響く声でそう言ってくれたベンにこくりと頷き返し……そうしてアルナーは、せっかく冬なのだからと、雪に覆われて仕事が減り、ユルトの中で過ごすことが増える冬なのだからと……すべきことをし終えた手空きの時間を学びの時間として過ごしていたのだった。

「――――王国の魔法は、モンスターとの戦いや他国との戦いを念頭に研究されていたものなんだけど……これが中々難しくてね。

戦いの役に立てる程魔法を極めた者はより深い研究がしたいと戦場に出たがらないし、出た所で戦いの訓練をしていないものだから、肝が座ってなくて結局役に立たない。

かといって研究と訓練を両立させようとすると、どちらも中途半端になっちゃってね、肝心要の魔法の威力がおざなりになっちゃうのさ。

逆に帝国は……早い段階で戦いと魔法を切り離して、魔法は生活や生産の役に立てるものと割り切って、戦いはその為に生涯を鍛錬に費やす軍人に任せることにしたようだね。

そういう訳で帝国では日々の生活の役に立つような魔法の研究が盛んで……鬼人族の魔法はどちらかというとこっちに近いのかもしれないね」

「……なるほど」

話が一段落したところで、そう相槌を打って……今耳にしたばかりの話を頭の中で整理したアルナーは……うん？　と、首を傾げる。

「マヤの占いは魔法だという話だったが……今の話からするとマヤは帝国寄りの魔法を使うってことにならないか？」

首を傾げながらそう言ってくるアルナーに、マヤはヒェッヒェッヒェと笑いながら言葉を返す。

「そう見えるかい？

ただまぁ、あたしの占いは帝国寄りとも王国寄りとも少し違うかもしれないね。

あたしの魔法は魔力で直接何かを引き起こすんじゃぁなくて、魔力で聖地に眠る神様に問いかける魔法……これから起こる事柄について、どうなる可能性が高いですかって尋ねて、その答えを得るって魔法なんだよ。

あくまで可能性を問うだけだから正確とは言えないけども、似た内容の質問をいくつも問いかけることで、その確度を上げることができるんだよ。

たとえば明日の天気を知りたい場合は……明日は雪が降りますか？　明日は太陽を拝めますか？　明日の雲はどう動きますか？　明日の風はどう吹きますか？　なんて感じでいくつかの質問をしてその答えを突き合わせて……後は自分の頭で考えて答えを出すって訳だね。

神様が間違うこともあるし、神様にも分からないことがあるから万能とは言えないけども、そこら辺に気をつけながら使ったなら結構頼りになるんだよ」

「……なるほどな、その魔法を覚えたなら、魂鑑定魔法と合わせて使うことで相手の魂をより正確に見極められるかもしれないな……今度、時間のある時に教えてもらうことはできるか？」

「教えるくらいはなんでもないけどね。

教えたからってそれで使えるようになるものでもないし、鬼人族の魔力の使い方は独特だからね……どんなに教わっても練習をしても使えないままかもしれないよ？」

「そうなったらなったで構わないさ。

色々なことを学んで視野を広げて……この目で見えるものが増えたならそれだけでも意味がある……そうだからな。

……そうなると私はマヤの弟子ということになる訳か！　これからよろしく頼む！」

カタンコトンと織り機を動かしながら明るく笑い、そう言ってくるアルナーにマヤはうんうんと頷いて……静かに微笑む。

そうして二人で調子を合わせて、同時にカタンと音を立てコトンと音を立て、糸を布へと変えていく。

織り機の音が重なり、リズムに乗り……そのまま歌でも歌うかとマヤ達が考え始めた時、アルナーがすっと顔を上げて、声を上げる。

「……ふと思ったんだが、マヤはどうしてそんなに色々なことに詳しいんだ？　神話のことはもちろん、王国の魔法に帝国の魔法に、占いの魔法に……。どれもこれもそう簡単に学べることじゃぁないだろう？」

その言葉に対し小さく笑ったマヤは、どこか遠くを見るような目をしながら言葉を返す。

「さて……もしかしたら昔どこかお偉いところで働いていたのかもしれないね。

そこで色々な研究をして占いをして……。

ただね、占いってのは所詮占いでしかないんだよ。予言ではないのだから外れてしまうし、気に入らない結果も出てしまう。

せっかく占ってやったのに気に入らない結果だからと受け入れてもらえないなんてことがあって……嫌気がさしてしまったのかもね。

世の中ディアス坊やみたいに、なんでもかんでも素直に受け入れられる子ばかりじゃないってことだね。

……逆に坊やは全く、なんでもかんでも素直に受け止めるもんだから、迂闊に占うこともできやしないよ。

仮に占ってやったなら、占いのことを知ったならあの子は素直にそのまま、その通りに動いてしまうに違いない。

……そうなってしまったら問題だからね、ここで話したことは坊やには内緒だよ」

そう言ってにやついた笑みを浮かべるマヤに対しアルナーは「師の言うことならば」と頷いて、小さな笑みを浮かべて……そうして今日学んだことを頭の中で反芻しながら、織り機をカタンカタンと動かしていくのだった。

イルク村の広場で——ディアス

荒野で岩塩鉱床の調査をし、モールの所に話を聞きに行って、イルク村に帰還し……翌日。

まだまだ調査が必要だと言うヒューバートと、地図作りに欠かせないサーヒィと、遊びに行きたいからと馬達まで引っ張り出してきたセナイとアイハンとエイマと、護衛役のクラウスと犬人族達が荒野に向かったのを見送り……そうして私は、すべきことをしようと広場へと足を向ける。

広場には新しくイルク村の仲間となった18人のメーア達がいて……膝を折ってしゃがみ込み、一人一人声をかけながらその毛皮を撫でながら、散々悩んで……悩みに悩んでようやく決めることのできた名付けを済ませていく。

最初の二人を含めて、6家族18人。

6家族それぞれに特徴的な名前をつけるようにして、メァタック、メァレイア……——……リュアグイン、リュアキリ。

事前に不満があれば考え直すからと言ってあったのだが、不満の声が上がることはなく、皆が笑顔で名前を受け入れてくれて……家族とじゃれ合いながら名前がついたことを喜んだり、仲の良い村人……カニスや婆さん達の下へ駆けていって新しい名前を呼んで貰ったりし始める。

更にそこにフランシス達やエゼルバルド達がやってきて、祝福の声をメァーメァーとかけ始めて……それに対する返事やら何やらで辺りがメーアの鳴き声で包まれていく。

「……こうして集まっている所を改めて見ると、随分と大勢になったものだと実感するなぁ」

その光景を見ながら立ち上がった私は、そんなことを呟く。

最初にいたのがフランシスとフランソワで、二人の間には六つ子が生まれて。

エゼルバルドとその妻達で更に6人。

野生のメーアが二人やってきて、その二人が16人を呼び集めて……全部で32人。

それが一斉に鳴いたとなったらそれはもう凄まじいもので、メァーメァーとの声が絶えることなく響き続ける。

「まだまだ、メーア布を名産品にしようと思ったなら100人200人はいてもらわなきゃ困るが……ま、1年目にしては上等だろう。

これであれば後は焦らずじっくりと時を過ごしていれば、自然と増えてくれるだろう」

メーアの声が響き渡る中、いつの間にか側へとやってきたベン伯父さんがそう声をかけてきて……私は伯父さんにも用事があったのだと思い出し、懐から例の短剣を取り出し、伯父さんに手渡す。

「……これは例の短剣か？」

受け取り、鞘から少しだけ抜いて刃を覗かせながらそう言う伯父さんに、私は頷きながら言葉を返す。

「はい、火付け杖を使える伯父さんならそれを使えるのではと思いまし、思って。

私やクラウスが不在の時に、それが使えればイルク村を守ることもできるはずなので頼めま……頼めるか？」

「……なるほどな。ま、問題無く使えるようだから預かっておくとしよう。

火付け杖のようにアルナーさんに魔力を込めてもらう必要がありそうだから、そこら辺も後で頼んでおかんとな。

……で、そのアルナーさんはどうした？　こういう場にはいつも顔を出していただろう？」

「ユルトで家事をしたり、マヤ婆さんから習った魔法の練習をしたりしている……ようだ。

新しい魔法を覚えて私達の役に立ってみせると意気込んでいて、当分はそっちで忙しいらしい。

アルナーが自分のやりたいことというか、家事以外のことに精を出すのは珍しいことだから……出来るだけ手伝いたいというか、これが終わったら何か家事を……私に出来ることをするつもりだ」

「……ま、夫婦で支え合うのは良いことだ。

ついでに聞くが、岩塩鉱床の件は本当に良いのか？　そんなにも凄い量の塩なら良い金になっただろうに」

その言葉を受けて私は……伯父さんへと渋い顔というかなんというか、しかめた顔を向けてから言葉を返す。

「幼い頃の私にそういうことをするなと言ったのは伯父さんでしょう。

働かないで稼ぐ金は毒だとか、手に働いて作ったタコがないものは信用出来ないとか、今でも覚えていますよ。

両親からも散々そういうことを言われましたし、名ばかりの公爵……貴族となった身としてはそんな真似、たとえしたいという気持ちがあっても出来ませんよ」

子供の頃を思い出し、思わずその頃の口調になりながら私がそう言うと……伯父さんは口調を窘《たしな》めることなく、無言でその顎髭を撫ではじめる。

「両親から散々言われました。王様とは何か、貴族とは何か……どれだけ凄い人達で、どれだけ皆の為に身を粉にして働いているか。

……その貴族になって、なってしまって……正直な所、未だに私なんかがなって良いものかと思うばかりですが、なってしまったのだからせめて気持ちくらいは貴族でありたいんですよ。

働かずに、鬼人族にとって大切な塩を売って大金を得るだなんてそんなこと、貴族のすることではないでしょう」

私が続けてそう言うと、伯父さんは空を見上げて……「ふぅむ」と唸り、そうしてからこちらを見てその口をゆっくりと開く。

「……ディアス。貴族と会ったことはあるのか？」

「貴族と……？　えーっと……王様に会った時に近くにいた人達と、それとエルダンと会ったくらい、だと思います」

私がそう返すと、伯父さんは顔にぺたんとその手を当てて「それでか……」と、そんなことを呟く。

「……そのエルダンから色々貴族について習っていたようだが、王国の貴族がどんなものか、どんな連中がいるのか、そこら辺の話は聞いたのか？」

呟き、小さなため息を吐き出し……顔に手を当てたまま、指と指の間から目を覗かせた状態でそう言ってくるベン伯父さんに、私が「いいえ、特には」と返すと、今度は大きなため息を吐き出して……何か悩んでいるのか、難しい顔をし……そうしてから諦めたような顔をする。

「……仕方ない、これも伯父の役目か。

ディアス、アルナーさんが魔法の練習をしている間、家事を手伝うのも良いがどうにか暇を見つけて儂のユルトに顔を出すようにしろ。

そこで貴族やら何やら色々なことを教えてやるとしよう。

……ついでにここに造る予定の、新しい神殿についても今のうちにいくらか話し合っておくとしよう。

神の使いであるメーア様がどんな教えを儂らに伝えてくださったのか、どんな風に儂らを導いてくださるのか、そこら辺のことを決めておかんとな。

……とりあえず、偉い者程良く働けとか、そんな感じのお前に合いそうな教えを一つか二つ作っておくとするか……。

それと奴隷禁止と学問の推奨……後はアルナーさんの為に浮気厳禁か？」

指折り何かを数えながら、空を見たりメーア達を見たり、イルク村を見回したりしながらそんなことを言うベン伯父さん。

メーアを神として祀るとして、その教義をどうするのか、どんな神殿にするのかは未だに聞かされておらず……。

まさかメーアの言葉をそのまま、メーア達の考えをそのまま教義にはしないだろうと思っていたが、自分で作ってしまう腹積もりだったとは……。

「……神殿を造ると言われた時からなんとなく察してはいましたが、教義もベン伯父さんが決めるつもりなのですね？

それならいっそ酒を禁止してくれれば、そんな冗談を言いたくなりますね」

と、私がそんなことを言うとベン伯父さんはその顔を左右に振ってから言葉を返してくる。

「それについては議論の余地があるな。

……何しろ聖人ディアの教えでは酒は悪いこととはされていないからな。

当たり前だが聖人ディアの教えもある程度は踏襲するぞ、踏襲した上で今の時代と新しい時代に則したものとする。

古道派とはまた違う道を行くことになるだろうが……一度負けちまったもんに固執しても仕方ないからな」

そう言って伯父さんは、自らのユルトへと足を向けて……こちらに振り返り「忘れずに顔を出せよ！」とそんな言葉を投げかけてくる。

それに仕方なく頷き返した私は……周囲に尚も響き渡っているメーアの声を聞きながら、とりあえず家事をしようかと自分たちのユルトへと足を向けるのだった。


翌日。

アルナーはマヤ婆さんの下で魔法の勉強。

エリー達はイルク村と隣領を行き来しての交易……というか物資の運搬。

ヒューバートとサーヒィは荒野の調査と地図作り。

セナイとアイハンは家事を手伝ったり編み物をしたり。

ナルバント達は私の鎧の修理や様々な道具の製作。

そして私はベン伯父さんの下で貴族に関する様々なことや、王国に関する様々なことの勉強。

そんな風に私達が忙しくなっていくと、他の皆も自分達も負けていられないぞと、自分達も頑張るぞと活発に動き回るようになってくれて……まだまだ寒さの厳しい冬の最中だというのに、イルク村はなんとも冬らしくない賑やかさに包まれていくことになった。

賑やかな声と織り機の音とメーアの声が響き渡り、外を歩き回る足音が絶えず……その音を耳にする度に、私の心の中の何かがうずうずとし始め……外に出たいなぁ、なんてことを思ってしまう。

「……おい、集中せんか。しっかりと集中して話を聞いておれば、こんなのはすぐに終わる話だろうが。

……なんだか、昔もこんなことを言っておった気がするが……本当にお前は全く、大人になってもそのざまか」

飾り気のない質素な伯父さんのユルトの中央に縮こまって座り、目の前に小さなテーブルを置いて、テーブルの上に紙とインク壺とペンを置いて……。

そのテーブルの向こうにどっしりと構えて立つ伯父さんは凄まじい威圧感を放ちながらこちらを睨んでいて……その威圧感と睨みに負けた私は「……はい」と呟き、居住まいを正して伯父さんに向き直る。

「よし、では続きだ。貴族を語る上で忘れてはならねぇのは、建国王様とディア様が考え出した王の在り方――王制と、貴族の在り方――貴族制についてとなる。

王制の理想としては権力は分散せずに一点に集中し……国の中枢である王が国の全てを管理すべきなのだが、それには人手が足りなかった、優秀な官僚を生み出す教育機関が足りなかった、国の隅々まで王の指示を瞬時に行き渡らせる連絡手段が足りなかった……この国を正しく管理するには王と直臣官僚だけではどうにもならなかったって訳だ。

　そういう訳で建国王様は仕方なく、自らの意思をよく汲み取り、自らの思う通りに動いてくれる忠臣……貴族と名付けた者達に手の届かない地方を任せることにした」

　伯父さんが淡々と語るそれらの言葉を、テーブルの上の紙に書き写し、書き写しながら暗記し……そうしながらその意味を深く考えていく。

　戦争で活躍した、内政で活躍した、国を良くする妙案を考え出した。

　そういった活躍をした忠臣を貴族とし、地方を任せて、地方を発展させることで王国を安定させようとした。

　安定の為に忠臣の地位……爵位を定め、安定の為に忠臣の子供がその爵位を継げるようにし、安定だけでは駄目だと、貴族同士が競い合って研鑽《けんさん》するように貴族階級が定められ、王や貴族の暴走を防ぐために公爵という貴族階級最上位が定められ……。

　そういった改良が何度も何度もなされていって、建国王達が亡くなってしまうその時まで、改良を重ねたその制度は盤石な……はずだった。

　はずだったのだが……そうはならなかった。

　建国王の時代から気が遠くなるような年月を経た今。

　大陸全土を支配していたはずの王国の領土は半分以下に減ってしまって、親から何もせずに爵位を、その立場を継げてしまう貴族達は忠臣とは程遠い存在になってしまって……研鑽のための競い合いも、己の欲を満たすための醜い権力闘争へと変貌してしまった。

他の方法でそれらを防げたかというと微妙な所で、貴族制だけが悪いとは言い切れないそうだが……現実として貴族という存在は腐敗しきっていて……貴族のほとんどは王国を蝕《むしば》む厄介な病となってしまっているそうだ。

もちろんそうではない……父や母が語ったような理想的な貴族も存在しているそうだが、手段を選ばずにその権力と欲を肥大化させている連中の方が幅を利かせているというか、力と金を持ってしまっているというか……悪貴族が良貴族を駆逐してしまっているのが現状、なんだそうだ。

「どういう訳だかお前は運良くそういった連中に出会わずに来られたようだが、現実はそうはならねぇ。

そこら中に悪貴族がうようよとしていて……貴族になった以上はいずれそういった連中と出会うことになるだろうな。

雪が溶けて春となり、隣領とここを繋ぐ道が出来上がって行き来が楽になれば、その可能性はうんと上がることになる」

大体の説明を終えて、そんなことを言って言葉を区切り……こちらをじっと睨んでくるベン伯父さん。

その目に視線を返しながら、私は眉をひそめながら言葉を返す。

「……私はそれでも悪貴族にはなりたくありません。父や母の遺言を守りたいという気持ちもありますし、イルク村の皆……アルナー、セナイ、アイハンに顔向け出来ないことはしたくありません」

「お前がそうしたいなら別にそれはそれで良い。駆逐されてしまうから悪貴族になれという話ではない、駆逐されたくなかったら悪貴族にしっかりと備えろと、そういう話をしておるんだ。

……幸いにしてお前は公爵で、三年は税を納める必要がなくて、ドラゴンを何度も狩ったことで十分な財産も手にしている。

王都から距離があるというのも良い方向に働くだろうし、儂が進めている神殿や新しい教義もお前の力となることだろう。

……というかだ、お前以外のここの住民達は言われるまでもなくそのつもりで動いておるぞ。

アルナーさんもエリーもクラウスもヒューバートも……マヤさん達だってそうだろう。

エイマさんだってお前を支えられる人材を増やそうと、計算や書き物の得意な犬人族達に様々なことを教えておるようだからな……お前の気持ちがどうあれ事は始まっていて、前に進んでしまっておるんだ。

そうなった以上はもう……覚悟を決めて向き合うしかないだろうな」

「……それは、はい。そのつもりです」

「なら何度も言わせるな。いい加減にその口調をなんとかしろ。もうお前はあの頃の子供ではないんだ、大人らしく……公爵らしく振る舞うようにしろ」

「……ああ、うん、そうだな。もうこれっきりにして……子供だった頃のことは忘れて、これからは改めるよ」

私がそう言って頷くと、伯父さんは満足そうに頷いて……ユルトの奥、伯父さんの寝床の側に置かれている、一枚の布を手に取る。

「……よし、分かったなら次の話だ。そういった悪貴族に対抗するにしても、この地を栄えさせていくにしても、この地の要であるメーアは大事にしなければならない。あのサンジーバニーとかいう薬草を持ってきてくれた神の使いの件がなくとも、儂はメーアをこうしていただろうな。……この領の、メーアバダル家の紋章、馬車なんかに掲げるバナー。今後交易にいく際や隣領に手紙を届ける際にもこれを掲げさせるぞ」

そう言って伯父さんはその布を……アルナーが作ったらしい布を広げて、そこに描かれている刺繍を私に見せつけてくる。

それは以前アルナーやセナイ達が作っていた刺繍を大きくしたもので……独特の鼻のラインにつぶらな瞳、くるりと巻いた角にふわふわの毛の……メーアの横顔そのものだった。

赤い下地を金糸で作った丸枠で縁取り、その中央にメーアの横顔を配置した……なんとも派手でなんとも目立つ……なんとも可愛らしい絵図。

「主な目的はメーア布の宣伝だが……同時にお前の、メーアバダル家の宣伝も兼ねることになるな。

そうやって宣伝をすることで、お前がここで何をしているのか、どんな領主をしているのかを王国中に知らしめて……追々、儂らで作った教義や神殿の宣伝にも使わせてもらうつもりだ。

まぁ……以前にも言った通り、それをやるのはお前が十分な力を蓄えてから、神殿が出来上がってからになるがな。

……折角好きに教義を作れるんだ、新道派の連中や悪貴族が不利になる教義と、良貴族が有利になる教義を考え出して……十分に準備して、打てるだけの手を打った上で、神の威光を存分なまでに使い倒すぞ。

その教えを蔑《ないがし》ろにしないのならディア様も許してくれるだろうし……そうしたならここも、今とは段違いな程に繁栄するはずだ」

続けてそんなことを言ってきて、ニヤリとほくそ笑む伯父さんに、私は色々と言いたいことがありすぎて、逆に何も言えなくなってしまう。

驚くやら呆れるやら。

仮にも神官が神様を使い倒すとは何事なのだろうか……。

それでもまぁ、伯父さんなりに真剣に……イルク村の為に色々と考えてくれているようだと、納得した私は、

「ああ、分かったよ」

と、そう返して、力強く頷くのだった。


ベン伯父さんからその思惑……というか、その想いを聞かされて、その日の夕食時。

ユルトでアルナーが作ってくれたスープ料理を食べながらその話をしていると、静かに話を聞いていたアルナーが「なるほど」と声を漏らし……言葉を続けてくる。

「昔から鬼人族は草や風、雨や太陽、火の力にディアス達の言う所の『神』のようなものを見て、敬意を払ってきたからな……。

教義とやらをしっかりと決めて守る宗教とかは、正直よく分からない部分もあるのだが……ベン伯父さんの言うことは、なんとなくだが分かる部分もあるな。

村の規律を他人任せにしていてはろくなことにはならないだろうから自分達で考えて、形を整えて……そこに神とやらを絡めることで子供にも話しやすく、覚えやすくするというのは悪くないと思う」

それに対し、こくりと頷いた私は、香辛料たっぷりのスープを一口飲んで、ほっと息を吐いてから……言葉を返す。

「……そうだな。私は両親を失ったり、戦争に行ったり、ジュウハと色々なことを話したりするうちに信仰心を失ったというか……神という存在をそこまで熱心には信じなくなったんだが、どうやら伯父さんも似たような思いがあるようだ。

神は存在しない……とまでは言わないが、少なくとも今の神殿の形は間違っていて、間違っているからこそ自分達が正しいと思う教義を……ある程度自分達に都合の良いものを、神という存在を上手く利用しながら作っていこうということらしい。

人を生まれで差別するなとか、人を傷つけるなとか、そういった聖人ディアの教えの基本的な部分はそのままに、細かい部分はここの暮らしに合うようにするつもりのようだ」

「……なるほどな。そしてその教えを伝え、今の伯父さんのように村の皆に助言をしていくのがメーア神殿という訳か……。

……しかし今はそれで良いかも知れないがその教義とやらが、古くなった時はどうするんだ？セナイとアイハン達の時代になって、その次の世代また次の世代となった時、古臭い教えをそのまま教え続けるのか？」

「本来の神殿……私の知る神殿というのはそういうもので、かつては両親も古い教えを守っていこうとしていたそうなんだが……今の伯父さんはそれではいけないと思っているようだ。

時代が進んで教義が古臭くなったら、その都度、教義を新しくするというか、更新するというか……そういう前提で教義を作るつもりらしい。

……何しろイルク村には神の使いということになっているメーアがいるからな、メーアが新たな教義を授けてくれたって言えば筋は通るとかなんとか……。

……まぁ、神の教えとか神殿とか重苦しく考えないで、メーアと共に暮らすメーアの教えとでも思って、軽く受け止めれば良いのかもしれないな」

そう言って私は、スープを飲み干し……私達側へとやってきていた、フランシスとフランソワと、その子達のことをそっと撫でる。

フランシスとフランソワはしっかりと順番を守れるのだが、六つ子達にそれはまだまだ難しいようで、我先に撫でてくれと殺到してくる子達のことを順番に、出来るだけ平等に丁寧に撫でてやっていると……私と同じくスープを飲み干し終え、何かを考え込んでいたらしいアルナーが「なるほど、なるほど」と呟いてから口を開く。

「……しかしそうすると、神殿はそこまでの力を持たないというか、いずれ廃れてしまうかもしれないな。

誰でもないベン伯父さんが神を信じていないのでは、どうしたって説得力がないだろう」

「伯父さんが言うにはそれはそれで構わないらしい。

イルク村が大きくなって、生活が安定して、神を否定出来るくらいに賢い人達が生まれるようになったなら、それで役目は終わりだと……。

まぁ、そうなるのはずっと先……いつになるかも分からないくらいの未来のことだろうな」

「そうか……。その都度新しくしていって、上手く使っていって……使えなくなった時には捨てても良いということか。

そういう考えならもしかしたら鬼人族にも合うかもしれないな。

「……鬼人族の生き方そのものに近いものがあってなんとも悪くない」

そう言って「ふふっ」と小さく笑うアルナー。

その言葉と笑みの意味がよく分からず、私が首を傾げていると、アルナーがその意味を説明してくれる。

「私達は昔からこの草原で遊牧をしてきた一族だからな。

メーア達の食事に合わせて村を移動し、新しくしていって……時にはそこに必要なくなったものを捨てていくこともある。

イルク村はこうやって一箇所に根を張っての暮らしをしているが、鬼人族の村はディアスも知っての通り定期的に移動していて……移動しない方がおかしいくらいなんだ。

……メーアの名を使っている上に、そういう教義であるならば、鬼人族の皆……父母や弟妹、ゾルグも受け入れるかもしれない。

……同じ教義の下、同じ地に暮らしているなら、それはもう同じ一族とも言えるからな……伯父さんはもしかしたらそこまで考えているのかもしれないと思ってな」

アルナーにそう言われて私は……首を傾げて考え込む。

伯父さんならばそこまで考えていてもおかしくないが……実際の所はどうなのだろうか。

伯父さん自身はまだ鬼人族の村にも行ったことがなく、族長のモールにも会ったことが無い訳で……そんな状況でそこまで考えるかどうか。

アルナーの反応からすると、教義次第では鬼人族の皆も受け入れてくれるようだが……。

と、そんなことを考えに考えていると、私達の話に口を挟まず、静かにしていたセナイとアイハンが……わっと声を上げて私達の下へと駆けてくる。

「お話飽きたー！」

「あきた！」

食事を終えて暇を持て余し、エイマから私達の会話の要約を聞いていたらしいが、それにも飽きて……我慢できずに駆け出し、突っ込んできたセナイを私が、アイハンをアルナーが受け止めて、その真似をしてくる六つ子達と共にわいわいと声を上げる。

夕食後の団欒というか、じゃれ合いというか、そんなことをしながらいつものように過ごしていると……ふと何かを思い出したかのようにアルナーが声をかけてくる。

「新しくすると言えば、厠《かわや》もそろそろ新しくしないとだな。

今までは人数の少ない村だったから持ってくれていたが……もうそろそろ限界だろう。

村ごとの移動……遊牧をしない以上は、厠の管理もしっかりとしておかないとな、病の元となってしまう。

もう少し暖かくなって雪が緩んできたら、雪を除けて古い厠を埋めて新しい厠を作るとしよう。

人の数も増えたから、皆の体の大きさに合わせたのを複数……横一列に並べる形が良いかな。

井戸の方は竈場側に作ったのもあるし、当分は持つと思うが……それでもいつかは新しくする必要がある。

厠作りと井戸作り、以前のように鬼人族の村の職人に頼っても良いが、出来ることなら自分達で作れるようになっておきたい所だ。

ディアス、余裕がある時にナルバント達と相談しておいてくれるか？」

アルナーのその言葉に「なるほど」と頷いた私は、

「分かった、そうするよ」

と、返す。

そうしてアルナーにいくつかの質問を、厠作りに関するあれこれを聞こうとするが……セナイとアイハンがそうはさせまいと『もう飽きたってば！』との声を上げてくる。

その声に逆らえず降参することにした私は……、

「まずは食器の片付けをしよう、遊ぶのはそれからだ」

と、そんな言葉を二人にかけるのだった。

王都　リチャード王子のダンスホール――――ゴードン

忙しく慌ただしく、寝る暇も無かった収穫と納税の秋が終わったリチャード王子のダンスホールは、比較的静かな落ち着いた空気に包まれていた。

ダンスホールとは思えない程の数の書類棚が並び、同じ数だけの机と椅子が並び、並んだ机の上に山のような書類が置かれていたのはもう過去のこと。

書類棚も机も必要最低限のもの以外は片付けられて……広く、少し寂しくなったダンスホールを暖める為に、暖炉の薪が爆ぜながら暖かい空気を吐き出している。

とはいえ全く忙しさが無くなったかと言うとそうではない。

納めさせた分だけ金貨銀貨を国庫から吐き出さねばならず、何処にどう投資すべきか、どこをどう開拓すべきかを見極めなければならず、豊作の村、凶作の村のバランスをどうやって取るかの判断を下す必要がある。

そういった事務処理を、雪が溶けて様々なことが動き出す春までに終わらせる必要があり……リチャードは黙々とそれらに向き合っていた。

本来こういった作業は王宮の大臣や内政官……官僚達の仕事なのだが、今の王に仕える旧臣の面々は帝国との繋がりが疑われたり、汚職が疑われたりで任せることが出来ず……王宮を掌握しつつあるリチャードとその配下達がそれらの代役を務めていたのだった。

「摘まむ程度の汚職ならば見逃してやったのだが……どいつもこいつも限度を知らない馬鹿ばかり。貴族だろうが旧臣だろうが、そこまでされたなら首を断つしかないと何故分からないのか……呆れて物も言えん」

大きな執務机に向かい、ペンを走らせ書類を片付けながら呟いてきたリチャードに対し、その前に全身を緊張させながら立つ、傭兵隊長のゴードンは何故自分なんかがここに呼ばれたのかと、何故そんな話を聞かされているのかと、困惑しながら言葉を返す。

「……なる、ほど。それでその……リチャード様、自分なんかに用事ってことは、また戦争か何かですか？

それとも以前……その、ディアーネ様の下でディアスと戦おうとしたことに対する罰の話……とかですか？」

「違う」

それなりに考えての精一杯の言葉をあっさりと両断されてしまい、ゴードンはなんとも言えない苦い表情を浮かべる。

暖炉の煤《すす》や灰で汚れていた赤色混じりの金髪を綺麗に整え、顎全体を覆う髭もそれなりに整え、知り合いの商人に上等な絹服を借りてまでしてきたゴードンだったが……まさかこんなナヨナヨした格好で処刑されてしまうのかと震えて……悔しさからか拳をぐっと握る。

そんなゴードンの様子に気付いているのかいないのか、ペンを走らせる書類に目を落としたまま、ゴードンのことを一瞥《いちべつ》もしないリチャードは……予め用意していたらしい丸められた一枚の紙と、革袋に入った何かをゴードンの手元目掛けて放り投げる。

握った拳を慌てて開き、それらをしっかりと受け止めたゴードンは……どういう訳だか、わざわざ封蝋《ふうろう》までしてあるその紙を、首を傾げながら見やり……リチャードを見やり、その背後に控える老齢の騎士や、赤い髪の女性や黒い髪の女性……リチャードの配下達のことを見やり、老齢の騎士がくいと顎を上げて『開けろ』と促してきたのを受けて……首を傾げたまま紙と革袋の封を解き、それらの中身を検める。

「……は？　騎士？　俺が？　お、俺なんかが!?」

その紙にはしがない傭兵団の隊長でしかなかったゴードンを王宮直属の正規兵『騎士』として叙任するとの文が書かれていて、革袋の中にはその身分を示す装飾のされた短剣が入っていて……ゴードンは困惑しながらそんな声を上げる。

「もう戦争は終わった、増えすぎた傭兵をそのままにしておく訳にもいかないだろう。

放っておけば盗賊になるかもしれん、欲にかられて暴走して戦争の火種を作り出すかもしれん。

そんなことになるくらいなら抱え込んだ方がマシというものだ。

「……お前のことは詳しく調べた、戦時中は中々の活躍をしていたようだな、戦地にあっても大人しくしていた点も評価できる。

……傭兵でありながら略奪を禁じるとは、よくもまぁそれで部下を統率出来たなと感心したものだ」

ゴードンが困惑し、目を白黒とさせる中、リチャードがそんな言葉をかけてきて……ゴードンは思わず苦笑を浮かべる。

正確な所を言うとゴードンは略奪を禁止していた訳ではない。

……すぐ側の戦場で暴れているディアスが恐ろしくて、ディアスに目をつけられたくなくて、略奪をしたくても出来なかったのだ。

どういう訳だかディアスは略奪を禁止していて、禁止しているというのに上手く志願兵達を統率していて、戦死者の少なさもあってかその数は、ゴードンの傭兵団の数十倍、数百倍はあって……。

……そんな状態で略奪をしてしまったならどんな目に遭っていたことか。

噂の貴族のように玉無し刑を食らうのはごめんだと、そんな理由でゴードンは仕方なく略奪を諦めていたのだった。

「ディアーネの件でも、お前はよく自制していたようだしな……その後、わざわざ老人達の下に向かって頭を下げた点も評価出来る。

汚職に手を染めていた連中も、お前のように自らの立場を弁《わきま》えていたなら別の未来があったのかもしれないな……。

……ゴードン、お前は騎士、部下達は従騎士とする。

東のサーシュス公とイザベルの下へ向かい、占領地の開発と砦の再建を行いながら……いざという時の為の備えとなれ」

そんなリチャードの言葉を受け止めて……その意味をよく飲み込んだゴードンは、恐れるのはやめて怯えるのはやめて、今日から俺は騎士なんだと胸を張り……真っ直ぐにリチャードを見て言葉を返す。

「それはつまり、イザベル様とサーシュス公を抑えろ、ということでしょうか？」

「……いや、違う。どんな噂を耳にしているか知らないが、イザベルもヘレナも今は俺の敵ではない。

あの妹達はなんというか……妹達なりに考えて、自分好みの『良い王国』を作ろうとして派閥を作った節があってな、俺がある程度の地固めを終えた時点で、目立った動きをとらなくなり、敵対行動もとらなくなった。

……イザベルは内政で、ヘレナは文化芸術で国を良くしようとしていて、そのために邪魔な者を排除しようとしていたのだが……何処かの馬鹿が散々に暴れた結果、その邪魔者達のほとんどが失脚することになり……結果、今はどちらも『道楽』に夢中になっている。

特にイザベルは占領地を好き勝手に開発できるとなってはしゃいでいるそうだ」

「なる……ほど。となると、俺達は帝国への備え、ということですか。普段はイザベル様の下で開発を手伝い……イザベル様のご機嫌取りをしながら帝国に備える、と。……ならば一つ、お願いしたいことがあります」

「……なんだ？」

「砦についてなのですが、再建は最低限に留めて新しくいくつかの砦を造ることをお許しください。帝国があの辺りに築いた砦のほとんどは北の敵……モンスター達を警戒してのものです。それで必要なものなのでしょうが、帝国の備えとするには造りが古臭いこともあって不向きです。ディアスが散々に暴れたせいでボロボロになっているものも多いですし、いくつかは再建せずに撤去すべきでしょう。

それらに資材を投じるよりも、真新しいしっかりとした構造の砦を、街や畑を守る形で造っておけば……敵は怯み民は安らぐはずです」

その言葉を受けてリチャードはゆっくりと顔を上げて、ゴードンのことをしっかりと見やる。

何を考えているのか無表情のまま、何も言わずにじっと見やり……口元をわずかに緩めて「ふっ」と小さく笑い、言葉を返す。

「思っていたよりも優秀なようだな、合格だ。新しく砦を造るとなると、流石に手が足りないだろう。

その辺りに詳しい職人と、事務処理に長けている者と、それとお前が問題ないと考える傭兵を何人か、手勢として雇うことを許そう。

占領地に長期に渡って滞在する関係上、戦時に暴れすぎた者、現地で暴れそうな者は不適格だ、人選には細心の注意を払え。

当面の滞在費、砦関連の予算、それなりに見栄えする鎧と剣と格に見合った屋敷は用意させ次第に連絡する。

……その顔と体格に見合った服は、自分で用意しろ」

その言葉を受けてゴードンは、冷や汗を全身にかいて背筋を震わせる。

今リチャードは『合格』とそう言った。

騎士になれたと喜び、浮かれるのではなく、背筋を正して価値のある献策をしたから『合格』……。

もし仮に浮かれたまま何も言わなかったらどうなっていたのだろうか？

予算も何もなく現地に送り込まれていたのだろうか？　それとも不合格だと叙任を取り消されていたのだろうか？

そのどちらも有り得そうなだけにゴードンは再度、このダンスホールに入った時のように全身を緊張させて強張らせる。

「はっ、騎士らしい服を用意したいと思います！

……そ、それでは、早速人選と支度をしたいと思いますので、失礼させていただきます！」

強張らせながらもどうにかこうにかそんな言葉を吐き出し……リチャードの口元がもう一度緩んだのと、リチャードが小さく頷いたのを確認したゴードンは、見様見真似の騎士らしく見えなくもない一礼をし、早速行動を開始するため……この場から逃げ出すため、踵を返しぎこちない動きで出口へと足を進める。

それに対しリチャードは何も言わず……『待て』とも『話はまだ終わってない』とも言われずに済んだゴードンは、どうにかこうにかダンスホールを脱し……王宮を出るまでは油断できないぞと、ぎこちない動きと青ざめた表情で、駆け足に近い足早で部下達が待つ宿へと向かうのだった。

南の荒野で――エイマ・ジェリーボア

まだまだ寒い中のよく晴れたある日。

エイマは手伝って欲しいとのヒューバートからの要請を受けて、ヒューバートとサーヒィと、護衛の犬人族達と共に南の荒野へとやってきていた。

これから領地となるこの荒野の調査と測量と地図作りを進めていたヒューバートは、それらの作業を進めていくうちにあることで頭を悩ませるようになり……そうしてエイマの助力を求めてきたという訳だ。

エイマに助力を求めた理由は、エイマがヒューバートと学問のなんたるかを語り合える程に賢かったからと……もう一つ、エイマが荒野の更に南の砂漠生まれという点にあった。

「……つまりですね、自分は今、この荒野の何処までを領地にするべきか。何処に国境線を引くべきかで悩んでいるのですよ。

調査を尽くした結果、この辺りが無人なのはほぼほぼ確実です。

……であればそこら辺のことを好きにできてしまう訳ですが、あまり広くしすぎては管理が難しくなるといいますか、いざという時に手が届きにくくなりますし……南の、エイマさん達が住んでいたという砂漠と接してしまい、揉め事の原因となってしまうかもしれません。

……天然の地形や川で区切られていれば、そこを境とすることも出来るのですが……どうにも、荒野と砂漠の境目というのは、分かりづらく自分では判断がつけられないのですよ」

手製の地図と磁石を手にそう言うヒューバートに対し、ヒューバートの頭の上で周囲を見回していたエイマは……少し考え込んでから言葉を返す。

「んー……ボク達が住んでいた砂漠は、確かに南にあるんですが、ここから南ではなく、エルダンさんの……お隣の領地から南に行った所にあるんですよね。

ここから南に下ってもあの砂漠に行けるかもしれませんが……砂漠以外の何かがある可能性も否定しきれません。

ですので、そこら辺を気にするよりも、採れる資源を軸に考えて……とりあえずは例の岩塩鉱床までを領地としてみてはいかがですか？」

「……なるほど。南に何があるかは、実際に行ってみないことにはなんとも言えないと……。

そして資源を軸に……ですか。

ならば岩塩鉱床だけでなく、アルナー様から情報提供があり、先日確認しにいった、あの黒い水が湧いている一帯までは獲得しておきたい所ですね」

その言葉を受けてエイマは、くいと首を傾げて……少し頭を悩ませてから言葉を返す。

「燃料が目的、ですか？」

「いえ……アルナー様のおっしゃる通り、あの黒い水……王国で土の油や石の油とも呼ばれるアレは、燃料としてはどうしても臭さが問題になる粗悪品です。

そちらではなく、瀝青《れきせい》……あの油が変質して生まれる塗料の方が目的となります。

瀝青は防水防腐を目的とするなら中々のものでして、木の板に塗ってそれで船を造りますと、驚く程に長持ちする良い船が出来上がるのです。

……現状、我々は船を必要としていませんが、船を必要とする他領に売るという手もありますし、家屋の屋根などに使うこともあるかもしれませんし、念の為に確保しておきたいなと思いまして……」

「へー……そんな塗料があるんですねー。

それで？　その油を確保するとなると、どれくらいの広さを領地にすることになるんですか？

地図は……既にあるんですか？　ならそれを見ながらボク達で検証してみて、後でディアスさんや代表者の皆さんと話し合うことにしましょう。

……ボク達がそうした方が良いといったなら、きっとディアスさんは素直に受け取っちゃうでしょうから、その前にここでしっかりと話し合っておきたい所ですね」

エイマがそう言うとヒューバートはこくりと頷き……近くにあった岩を机に見立てて、そこに地図を広げ、ペンとインク壺と新しい紙を何枚か用意し、エイマと共にあれこれと言葉を交わし始める。

ここに線を引くとどうだろうか、ここならばどうだろうか。

このくらいの距離までならいざという時に駆けつけられるだろうか。

そんなことを考え、これからのことを……未来のことを考え、最良の形に仕上げようと懸命に。

エイマとヒューバートがそうやって喉が枯れるのも構わず話し合う中……空からの目が欲しいかんと今日も荒野へと連れてこられていたサーヒィは……そこら辺の岩の上で翼を休ませながら、そろそろ荒野も飽きたなぁと、そんなことを考えながらの大あくびをし……、

「あーあ、こんな暇で仕方ない調査よりも、セナイ達と一緒に狩りでもしてーなー」

と、そんな言葉を誰に言うでもなく、ぼそりと呟くのだった。

イルク村で――ディアス

メーアの横顔をメーアバダル家の紋章として使うことが決まり、そのことが余程に嬉しかったのかセナイとアイハンは、自らが作ったメーアの横顔刺繍を手にイルク村中を駆け回って、村中の皆にこれが我が家の紋章なんだよ！　と、自慢して回ったようだ。

そうやって村中の皆が家紋のことを知ることになり……後日、改めてベン伯父さんがこれがメーアバダルの紋章だと宣言したことによって、村の皆もまた暇な時間を使ってメーアの横顔刺繍を作ったり飾ったり身につけるようになったりしていた。

そんな中でも特に紋章のことが気に入ったらしいクラウスは、メーアの横顔刺繍がされた大きな旗を作りたいなどと言い出してしまって……カニスが良い布が手に入ったら作りますよと、そんなことを言ってしまったことにより、なんだか随分と大げさな騒ぎになってしまっていた。

……だがまぁ、今はまだまだ冬の最中、大きな布を用意したり、それだけの量の糸を染める染料を用意したりは簡単ではなく、そこら辺のことは春になったら、ということになるのだろう。

今はとにかく冬を乗り越えることを第一に、春までにしなければならないこと……厠《かわや》のことや、南の荒野の地図作りのことを優先していきたいものだ。

とはいえ、南の荒野に関しては私の出る幕はなく、変に手出しするよりもヒューバート達に任せた方が良さそうで……そういう訳で私は、厠作りの方に精を出していた。

本格的な作業を始めることになるのはまだまだ先……雪が緩んでからになるのだろうが、それでも今のうちにやれることを、場所の選定や使用する木材の準備などをしようと、村の中を見て回ったり、倉庫の中を見て回ったりしていると……この冬何度目かになる、マスティ達の遠吠えが雪の向こうから響いてくる。

『帰ってきたよ、今回も無事に仕事を終えたよ』

そんなことを伝えているらしいその遠吠えはエリーの護衛についたマスティ達のもので……手に入ったフレイムドラゴンの素材の3割程をエルダンに贈った件のお礼を、今回も無事に運んできてくれたようだ。

目録一杯のその品々は一度で運びきれるものではなく、エリーはこれまでに何度も何度もエルダンの下に足を運んでいて……今回辺りで全てを運びきれるだろうということだったが……さて、どうなったかなと、村の東端へと向かい、エリー達の到着を待つ。

すると、エリーとソリ足姿の荷車と、護衛の犬人族達の姿が見えてきて……無事の帰還を喜ぶ笑顔を浮かべながらこちらへとやってくる。

「エリーも皆もお疲れ様。今回も雪の中、遠くまで行ってきてくれてありがとうな」

「そう何度もお礼を言われることではなくってよ、お父様。マスティちゃん達にとっても商人である私にとってもこの程度のこと、何でもないことなんだから。


……とりあえず、隣領との往復は今回で一段落、荷運びも、市場調査も、メーア布を売るための顔繋《かおつな》ぎも、情報収集も概ね完了したわ。……イルク村の方は変わりなくて？」

「ああ、特に問題は無いかな。あれからあったことと言えば……メーアの横顔が我が家の紋章になったことと、ナルバント達が鎧《よろい》作りに苦戦して、少し荒んでいることとくらいかな」

「あら？　鍛冶《かじ》仕事なら任せておけって自信満々だったのに……あの人達、苦戦しちゃってるの？」

「……と言うよりも、あえて苦戦するような作り方をしている、と言ったほうが適切かもな。


何だかよく分からない石を混ぜ込んだ鉄と、フレイムドラゴンの素材を使って鎧を作ろうとしているらしいのだが、鉄の方は頑固で加工しづらく、フレイムドラゴンの素材はへそ曲がりでちょっとした拍子に変形してしまうとかで、上手くいっていないらしい。


私としては鎧なんてものは適当に作ったもので構わないのだがなぁ……ナルバント達の職人としての拘《こだわ》りが、どうしてもその『適当』を許さないんだそうだ」

「……まぁ、これからこの領の顔になるお父様の鎧なんだし、適当に作った量産品よりかは、そういう手の混んだ物の方が映えて良いのかもしれないわね。

「……しかしそうすると困ったわね、ナルバントさん達には相談したいことというか、手伝って欲しいことがあったのだけれど……」

そう言って頬に手を当てて、首を傾げて「うーん」と唸るエリー。

それを受けて私は……色々とやることはあるが、他の誰に頼める訳でもないかと考えて、言葉を返す。

「ナルバント達の代わりにはなれないだろうが、私で良いなら手伝ってやるぞ？　一体何をするつもりなんだ？　皆がそこで始めている荷降ろしのことか？」

と、私がそう言うとエリーは慌てた様子で振り返って、マスティ達がソリ足で村の中を進むのは無理そうだと、荷車から荷を降ろし、倉庫へと向かって運んでいる姿を見て「あ、私もやるわよ」とそう言って荷車に駆け寄り、荷箱を両手で抱えあげる。

私もまた重そうな荷樽を抱えて、エリーと一緒に倉庫に向かい……そうしながらエリーが話の続きを口にしてくる。

「話の続きなんだけれども……隣領で情報収集をしている時に、隣領で良からぬ連中が反乱を画策したり、良からぬ物を持ち込んだりした、なんて話を耳にしたのよ。

……で、春になったら隣領とここを繋ぐ道ができあがる訳でしょ？

道がそこにあれば自然と人と物がそこを行き来するようになる訳だけど……その話もあって、あっちとこっちを無制限に人が行き来するのは、時期尚早かなって考えるようになったのよ。

エルダンさん達の関係者なら歓迎なのだけど、それ以外の有象無象は来て欲しくないっていうか……メーア布の宣伝を散々したこともあって、メーアを誘拐しようなんていう良からぬ輩《やから》が来るかもしれないじゃない？」

「……まぁ、確かに、世の中善人ばかりではないからな」

「とはいえ道は欲しいの、未完成のままあえて完成させないとかはしたくないの。

となると通したい者だけの通行を許可して、通したくない者の通行を許可しないってことになる訳で……つまりね、その為の施設を、関所を作ろうかなって考えてるのよ。

こんなだだっ広い草原の中に作ってもしょうがないから、森の中に作って通行を制限して……道以外の森の各所には、通行を難しくするような柵を設置するとか、犬人族ちゃん達やクラウスさんに見張りをしてもらうかして……。

そうやっても完璧には防げないのでしょうけれど、それでも無いよりはマシかなって思うのよ」

とのエリーの言葉を受けて……その言葉の意味を飲み込み、しっかりと考えて、考えながら足を進めていると、話を聞いていたらしいベン伯父さんがぬっと私達の前に現れて、声をかけてくる。

「儂《わし》も関所の設置には賛成だな。悪党の侵入を防ぐだけでなく、いざ、疫病がお隣で流行った際には関所を閉鎖することで病魔の侵入をいくらか遅らせることが出来るだろう。

……過去の事例を思い出してみても、関所や防壁が病魔の侵入を防いだ例は数え切れん。

アルナーさんの魔法に犬人族の鼻に、更に空からの目まで使えるとなったら、ほぼ完璧に近い形で出入りを管理できるだろうし……それらを活かすことの出来る施設を作らんなんてのは、宝の持ち腐れというものだ。

……以前おかしな連中がここに攻めてきたなんてこともあったんだろう？　ならば尚のこと、そういった備えはする必要があるだろう。

お隣のエルダン殿は、あえて関所を撤廃し人と物の行き来を活発化させることで、市場を賑わせているようだが……ここにはその市場が無いからな。

イルク村を守る為、メーア達を守る為……何より良き隣人である鬼人族達を守るためにも作っておいた方が良いだろうな」

伯父さんのその言葉を受けて、エリーはうんうんと頷いての同意をし……私もまた納得し、頷いて……そうしてから言葉を返す。

「分かった、二人がそう言うのならその通りなのだろうから、皆と早速関所についてを話し合ってみるよ。

春までにしっかりとした物を作れるかは分からないが……それでも仮設の関所ならなんとかなるかもしれない。

関所の警備は……クラウスと犬人族達に頑張ってもらうことになりそうかな」

との私の言葉に対し、エリーは笑顔で頷き……ベン伯父さんは何処《どこ》か不満そうな表情で顎髭《あごひげ》を撫でる。

顎髭を撫でて、何度も撫でて……そうしてから顔を上げて、

「関所を作って犬人族と鬼人族に手伝ってもらって……空からも見張らせたいが、サーヒィだけでは手……というか目が足りんな」

と、そんなことを言ってから近くのユルトの天井で毛繕いをしていたサーヒィに向かって声を上げる。

「おい、サーヒィ！　お前ちょっと故郷の方に行って、信頼の置けるお仲間を、何人か連れて来い！」

ベン伯父さんのそんな無茶な言葉に、私が慌てて声をあげようとすると、それよりも早く、サーヒィが言葉を返してくる。

「ここに来てみないかって、ここで働いてみないかって声をかけるだけで良いならやってやるよ！　ただし、それで巣の連中が来てくれるかはまた別の話だぞ？」

その言葉にベン伯父さんが「それで良い」と頷く中……私が「それは問題無いのか？　大丈夫なのか？」という表情をしていると、サーヒィが翼をバサリとはためかせ、整えながら言葉を続けてくる。

「その荷物、また干し肉が一杯入ってるんだろ？　それを腹いっぱい食えるとなったら何人か、若いのが来てくれる……かもな。

オレの一族の巣はそこまで裕福って訳じゃなかったからな……冬だっていうのに美味い干し肉を

満腹になるまで食える上に、ドラゴンを狩れるかもしれないとなれば、心が動く奴がいるはずだし、巣としても若者が出稼ぎに行くのは大歓迎のはずだからな、文句は出ないはずだ！」

そう言ってサーヒィは、早速行ってくると翼を振るい、飛び上がり……そのまま北の山の方へと飛んでいってしまう。

出稼ぎ……出稼ぎか。

イルク村や関所を空から見張ってもらって、その対価として干し肉を渡し……それを受け取った鷹人《たかびと》族達が巣に持ち帰るという訳か。

確かにそれなら、向こうとしても損は無いように思えるし……こちらとしても頼りになる空の目が増えてありがたい話だ。

サーヒィが動き出したのをきっかけに、ベン伯父さんもエリーも、それぞれ関所の設置の為にと動き始めてくれて……私もまた皆の意見を聞いて回る為に……まずはこの荷樽をしまうかと、倉庫へと足を向けるのだった。

関所を作ろうとなり、代表者の皆に意見を聞いて、特に反対意見が出ることもなく話がまとまって……そのことを誰よりも喜んだのは領兵隊長のクラウスだった。

領兵隊長となり、毎日のように見回りと鍛錬をしてはいたが、それらしい仕事は特に無く……草原の日々は稀にモンスターがやってくる以外は平和そのもの。

秋には狩りなどを頑張ってはいたが、それでももっと兵士らしい働きをしたいとの思いがあったようで、関所が出来て仕事が増えるというのは、私には想像出来ない程に嬉しいことであったようだ。

王国兵にとって関所という重要な施設を任されるというのは、結構な名誉でもあるそうで……憧れの仕事に就けるという想いもあってクラウスは、

『設営の方も俺に任せてください！

関所をどう作るべきなのか、どう運営すべきなのか……そこら辺のことは王国兵時代にしっかり学んで理解していますし、戦時中に拠点作りやらしていたのもあって、設営をどう進めたら良いのか大体の見当はついています！』

と、そんな宣言までして、早速とばかりに行動を開始した。

クラウスがまずやったことはセナイとアイハンに話を聞くことだった。

あの良い香りのキノコの生える一帯などなどセナイ達が森を大事にしていることは知っていたので、どの辺りに作るべきか、関所を作る際に気をつけるべきことは何かなどを尋ねて……セナイとアイハンの意見を出来る限り取り入れることにしたようだ。

次にしたことはカニスの隣領への派遣……というか帰省だった。

隣領との境に関所を作るのだから、隣領への事前連絡は必須であり……カニスに父に詳しい事情

を話した上で協力してもらい、エルダンの了承を得ようとしたようだ。

更に関所作りにあたっての人手の募集も隣領でかけることにしたようで……その賃金と資材費に関しては余っているフレイムドラゴンの素材などを使ってエリーが調達してくれるそうだ。

関所というと戦場でたまに見かけたような、人の出入りを制限する門だけあれば良いのかと思っていたが、どうやらそうではないようで……不届き者と戦うことになった際のための櫓や、クラウス達が使うことになる休憩所や、クラウスや行き来をする人々が使うことになる厠や井戸も必要で。

馬で行き来するのであれば馬を繋いでおく為の馬房も必要で、出来ることなら不届き者達を閉じ込めておく牢も作っておきたいとかで……理想を言うと砦というか、城塞というか、城そのものと言っていいくらいの規模のものを作った方が良いのだそうだ。

流石《さすが》にそうするには時間も金もかかりすぎるので、木材を使った急造の簡単なものになるそうだが、追々は立派なものへと作り変えていきたいとのことだ。

もしそうなればクラウスはそこの城主となる訳で……なるほど、そう考えるとクラウスの喜びようも、はりきりようも納得出来るというものだ。

クラウスの妻であるカニスもまたそれ以上に喜んでいて、関所作りのためにと頑張ってくれているようで……関所が完成したなら、カニスもまた関所で重要な役目を担うことになる……らしい。

カニスはクラウスの妻であると同時に、隣領の上役の娘でもあり……隣領との境となる関所で働くにはこれ以上ない人材ということになるそうなのだ。

商人として様々な関所を見てきたエリーが言うには、関所の主というのは様々な特権を独占できる立場でもあるようで……良くない人物が主となると碌《ろく》でもないことになるのだとか。

法外な通行税を取ったり行商の積荷を奪ったり、それ以上のことをしている所もあるそうで……そんなこともある関所が新たに出来れば隣領の人々としてはどうしても警戒してしまうものなんだそうだ。

だがそこの主が……主の妻がカニスであれば、理不尽なことは行わないだろうし、獣人への差別などの心配もないだろうし、隣領の人々としても安心できて、気軽にあちらとこちらを行商などで行き来してくれるようになるだろうとのことだ。

今はほとんど行き来がない状態だが、メーア布の生産が安定したなら商人達もやってくるはずだとかで、その流れを止めない為のこれ以上ない人選だ……とかなんとか。

正直な所、私はそこまで考えていなかったし、クラウス以外にいないからクラウスに任せようと思った訳なのだが……まぁ、うん、偶然だとしても良い結果になったのであれば何よりだと思っておくことにしよう。

そんな感じで関所作りが本格化し……数日が経った頃、仲間を勧誘するために北の山の方にあるという巣へと出かけていたサーヒィが帰ってきた。

サーヒィより一回り大きい、三人の鷹人族を連れて。

「おお、おかえり。無事で何よりだ、勧誘にも成功したようだな」

広場で洗濯物を干している最中に飛来し、広場に立てたままになっていた止り木や、干し竿に止まったサーヒィ達に私がそう声をかけると……サーヒィは何故だか頭を垂れて「お、おう」なんて返事を返してくる。

「……どうした？　何かあったのか？」

その様子を見てどうにも心配になって私がそう声をかけると……サーヒィは頭を垂れたまま何があったのかを説明してくれる。

巣に戻ったサーヒィはまず巣の長《おさ》の下へと向かい、ドラゴンを狩ってもいないのにどうして巣に戻ってきたのか、その辺りの細かい事情の方を説明したらしい。

すると長は異様なまでに機嫌が良くなり『昔の約定』がどうとか『一族の誇り』がどうとか言い出し……何よりも良い出稼ぎの場を作ってくれたことを大いに喜んでくれて、最終的には『よくやった』とそんな言葉をかけてくれたらしい。

「……まぁ、そこまでは良かったんだよ。そこまでは……。

だけどなー、何だか知らないけどなー、長が変に張り切っちまってなー……このオレに結婚しろってそんなことを言い出したんだよ」

嫁取りに失敗したからと巣を追い出されたはずなのに、どういう訳なのか突然そんなことになってしまい……サーヒィ自身も結婚したいとは考えていたので順調過ぎる程順調に話が進んでいって……進んでしまって、そうしてサーヒィは、巣を代表する三人の英雄と結婚することになったんだそうだ。

そしてその三人が近くの干し竿の上からこちらを見つめてきている三人なんだそうで……サーヒィはなんとも言えないため息を吐き出してから説明を続けてくれる。

鷹人族は基本的に、女性の方が体が大きく力も強く……狩りの腕が良いらしい。

そういう訳で英雄と呼ばれるような狩人は、女性であることが多いとかで……今回結婚した三人は、巣の中でも最強と言われている三人なんだそうだ。

「……その、なんだ……望まない相手だったのか？」

サーヒィの話を聞きながら止り木の側へと近づいた私が、小声でそんな言葉をかけると……サーヒィは垂れた頭を左右に振ってから言葉を返してくる。

「いや……強いし狩りの腕は良いし綺麗だしで、巣の中でも人気だったっていうか、オレにとっても望外の相手だったんだけどな……。

ただそれが三人もとなるとなー……。ちゃんと三人の良い旦那になれるかが不安で、オレで釣り合うのかって気持ちもあって……どうにもなー」

サーヒィのその言葉に、ああ、なるほど、そういうことかと頷いて……エゼルバルド辺りにそこら辺のコツというか、心構えを聞いてみるのが良いのかなと考えていると……サーヒィと一緒にやってきた三人の鷹人族達がばさりと羽ばたいて、私の足元へと着地し、翼を器用に曲げながら挨拶をしてくる。

「アナタが話に聞いたドラゴンを狩ったというここの長ですね、アタシはリーエスと言います」

「人間にしては中々迫力があるんだなー、アタシはビーアンネだ」

「旦那がここで暮らすとなると出稼ぎ……とも言えないのでしょうけど、巣で待っている父母や親戚のためにたくさんの干し肉が頂けるよう頑張らせていただきますね、ヘイレセと名乗っています」

その挨拶を受けて私は、その場にしゃがみ込み……握手というか、握翼というか、まぁ、うん、私の手と彼女達の翼を触れ合わせながら挨拶をしていく。

「私はディアス……メーアバダルだ。

この村というか、この辺り一帯の長、領主という仕事をしている、よろしく頼む。

この村で暮らすのも出稼ぎをするのも大歓迎だから、力を貸してくれると助かる」

するとリーエス達は、目を細めて微笑んで異口同音に『よろしくお願いします』と、返してくれるのだった。

出稼ぎとしてイルク村にやってきてくれた鷹人族のリーエス、ビーアンネ、ヘイレセの三人と、その旦那となったサーヒィは、当分の間は鷹人族の巣とイルク村を行き来しながらの日々を送ることになるそうだ。

今は冬、獲物が中々取れない時期であり……鷹人族の巣から腕の良い狩人がいきなり三人もいなくなってしまうというのは問題があるとかで、春が来るまではあちらとこちらを行き来して……こちらで仕事を頑張り報酬として得た干し肉を持って帰り、巣で待っている家族や親族を食わせてやる必要があるんだそうだ。

こちらとしては最初から出稼ぎという形で力を借りるつもりだったので、そういった形でも全く不満はなく、追々はこちらに腰を落ち着けてくれると言うのだから文句もあるはずがなく、複雑そうな表情を浮かべ続けるサーヒィ以外の皆が三人のことを笑顔で歓迎し、イルク村が賑やかになることを大いに喜び……冬だということで宴という程にはならなかったが、その日の夕食が少しだけ豪華な内容になった。

そうやって皆が喜ぶ中でも特に、アルナーとクラウスとヒューバートの喜びようは桁違いで……アルナーは力強く大きな鷹が狩りを手伝ってくれると踊りだしそうな程に歓喜し、クラウスは空からの見張りの目が増えてくれると両手を振り上げて踊りだし、ヒューバートは荒野の地図作りや領境を示す為の杭打ち作業などが楽になるとその目を異様なまでにギラつかせることになった。

それがあまりにも異様だったのでヒューバートに詳しい話を聞いてみると、地図作りは勿論のこと杭打ちに関しても春までにどうしてもやっておきたかったので、このタイミングで空の目が増えるというのは願ってもない助けだと、心の底から喜んでのヒューバートなりの笑顔……なんだそうだ。

これから春となり、そこら中に若草が生えて、それらをメーアや馬達が食べて食べて、腹いっぱいになるまで食べまくる草原にとっての恵みの季節となる。

その際にやれここは私達の牧草地のはずだとか、やれここは鬼人族の牧草地だから立ち入るなとか……そういったことで揉めてしまうというのは可能な限り避けておきたい所で、その為にも地図と空からの目を使っての杭打ちはしっかりとしておく必要があるらしい。

私達が一方的に杭を打っては不満が出るだろうから、鬼人族達とも相談しつつ、以前作った地図の通りになるように、しっかりと半分半分になるように計算をして杭を打ち……隣領との境にも同じようにエルダン達と話し合いながら、関所作りと並行して杭を打っていく予定なんだそうだ。

……まぁ、そこら辺の細かい所はヒューバートとエイマが中心になってやってくれるそうなので、二人に任せておくとしよう。

兎にも角にもそうやってヒューバート達は忙しい毎日を過ごすようになり、クラウスもまた関所作りで毎日毎日駆け回ることになり……そして私を含めたイルク村の皆もまた、忙しく慌ただしい毎日を送ることになっていた。

厠作りも進めなければいけないし、クラウスやヒューバートに手伝いを求められることもあれば、ナルバント達の鎧作りが佳境に入りそちらで手伝いを求められることもあった。

ユルトではどうしても暮らしにくいというサーヒィ達の為に、大きめの鳥小屋というか、木製の塔というか、そんな家を作ってやる必要もあり……更には大きくなり、自由に歩き回れるようになって、なんとも元気いっぱいに村中を駆け回りイタズラをして回る犬人族の子育て問題までが巻き起こってしまった。

犬人族達はとても賢く、小さい体ながらに高い身体能力を持っている。

当然子供達もそれなりに賢く、それなりに高い身体能力を持っている訳で……そこに子供特有の無邪気さが加わった結果、とんでもないことになってしまったのだ。

ここに来る前の犬人族達は、エルダンの父の下で不自由な生活をしていたり、エルダンの下で自重した生活をしていたりで、そんなことにはならなかったそうなのだが……ここではそこら中を自由に駆け回って良いし、誰かの目を気にして縮こまる必要もなく……そんな風に自由に生きる大人達を見て、子供達もまた自由に、好き勝手に生きてやろうとそのイタズラ心を暴走させてしまったようだ。

メーア達にじゃれついたり、ガチョウや白ギー達にまでじゃれついたり、馬達にじゃれついて蹴られそうになったり、何を思ったか一斉にユルト登りを始めて外布を破ってしまったり。

その都度私か伯父さんが現場に駆けつけて、止めなさいと言ったり叱ったりすると、子供達は素直に聞き入れてくれてしばらくは大人しくなるのだが……すぐにまた別の、思いも寄らない遊びやイタズラを思いつき、思いつき次第にそれを実行し……また私か伯父さんに叱られての繰り返し。

犬人族の親達もなんとか子供達を大人しくさせようと駆け回るのを自重してみたり、私を真似して叱ったりしているのだが、私や伯父さんが叱った時程の効果は無く……経験したことのないまさかの事態に頭を抱えるばかりだった。

犬人族にとっての救いは私は勿論のこと、アルナーを始めとした村の皆がそのことを怒ることなく受け入れて、笑ってくれていたことだろう。

子供が元気なのは良いことだ。

大きくなればそのうち落ち着くことだろう。

一度叱られたことは二度とやらない辺りはとても利口だ。

そんなことを言いながら村の皆は笑い合っていて……子供達のイタズラによって発生した忙しさを楽しんでいる節すらあった。

そんな忙しさと慌ただしさが続くある日の夕食後。

「……今日はついに倉庫に忍び込んでのつまみ食いをしようとしたようだ。

倉庫の食料は大人の犬人族達が絶対に手出しをさせないぞと見張っていたので未遂に終わったようだが……それでも伯父さんが現場に駆けつけるまで、どうにか倉庫に入り込んでやろうと、大人達の腕の中で暴れ続けたようだな」

ユルトのいつもの場所に座った私がそんなことを呟くと、側で革細工作りに精を出していたアルナーが「あっはっは！」と笑い声を上げる。

「まったく、あの子達は次から次へと……おかげで毎日毎日騒がしいし忙しいしで、寒さを忘れてしまいそうになるな。

普通冬はもっと静かに、寒さに震えながら春を待ちながらゆっくりと過ごすものなのだが、どうやらディアスと一緒にいるとそういう訳にはいかないようだ」

そう言ってもう一度笑ったアルナーは……手にしていた革細工をじっと見つめながら言葉を続ける。

「……冬に忙しいなんてのは本来、不足した冬備えを補うためのもので……とても恥ずかしくて惨めで辛いものであるはずなんだがなぁ。

それがイルク村では、もっと村を大きくするための、もっと多くの家族を養う為の……皆がもっともっと豊かになる為の忙しさなんだから……まったく、笑いが止まらないな」

と、そんな言葉とは裏腹に、笑うのではなく微笑みを浮かべたアルナーは、手にしていた革細工を持ち上げて……セナイとアイハンに計算の仕方を教えていたエイマへと声をかける。

「よし、エイマ、ようやく完成したぞ。

これなら今度こそは……落馬の心配もないし、揺れの心配もないはずだ」

その声を受けてエイマはその耳をピンと立てて「ありがとうございます！」との声を上げる。

それは以前アイーシアの頭の上に乗ったというか、乗馬したエイマの為に作られた鞍の改良品で……あれからというもの何度も何度も作っては、固定が上手くいかなかったり、ちょっとした振動で位置がずれてしまったり、鞍そのものがひっくり返ってしまったりと失敗が繰り返されてきたものだった。

簡単に作れるだろうと、すぐに作れるだろうと……アルナーだけでなく私やエイマさえもが考えていたのだがそうはいかず……今の今まで未完成だった代物。

試行錯誤が繰り返され、馬銜《はみ》のベルトとの接続の仕方や、固定の仕方が何度も何度も見直されて……そうしてついに今度こそ完成しただろう、見た目には分からないいくつもの工夫が凝らされた一品。

声を上げるなり飛び跳ねて、一瞬でアルナーの側へと到着したエイマは、その鞍をじぃっと見つめて……にんまりとした笑みを浮かべる。

「これがあればボク一人でも遠出が出来るという訳ですね！

そして一人で遠出が出来るってことは、ヒューバートさんと別行動をしての地図作りが可能という訳で……うん、リーエスさん達にも手伝って貰えば一気に地図作りが進むはずですよ！」

笑みを浮かべながらそう言ったエイマは……もう一度ぴょんと飛び跳ねて、アルナーの手の中にある鞍に飛びついて……なんとも嬉しそうにその尻尾を鞍へと巻きつけて、すりすりと頬ずりまでしてしまうのだった。

エイマ用の鞍が出来上がり、出来上がった鞍がアイーシアの馬銜に組み込まれ……そうしてアイーシアのことを自由自在に乗りこなすようになったエイマは、馬の足で遠くまで出かけられるようになったことをとても喜んで、毎日のようにアイーシアと共に出かけるようになった。

荒野に行くことが多いが、ただ周囲を散歩するだけのこともあり、森に行くこともあれば、セナイ達の狩りに付き合うこともあり……乗馬を思う存分に楽しんでいるようだ。

そうやってエイマの活動範囲が広がると、エイマと一緒に仕事をしていたヒューバートの能率も驚く程に上がり……サーヒィ達の活躍もあって荒野の地図作りに関しては一定の目処が立ったようだ。

地図作りが終わったなら杭打ちの準備などもあるそうだから、しばらくは忙しいようだが……それでも終わりが見えてきたというのは良いことだろう。

私が進めていたサーヒィ達用の小屋作りや、厠作りの準備も順調に進んでいて、もう少しで資材の用意が終わって、後は雪解けを待つだけとなる。

建物と言えない程に簡単な作りの鳥小屋と、穴を掘って壁と天井があれば概ね完成となる厠の準備だけなのだから、早く終わるのも当然で……そうやって自由な時間が増えた私は、クラウス達のことを手伝おうかと考えていたのだが……そうはさせまいと、作業が終わるのを待ち構えていた伯父さんに「ほれ、勉強の時間だ」なんてことを言われてしまい、そのまま捕まってしまった。

捕まってしまった上に……、

『貴族王国について学ぶのは公爵なら当然のことだ』

『今後必要となってくるだろう新たな知識を手に入れるためにも、しっかりと勉強をして下地を整えておかなければ話にならない』

『お前の両親がやり損ねたことを今こそ完遂してやる』

『アルナーさんだって魔法の勉強を頑張っているんだぞ』

なんてことを言われてしまっては、何も言い返すことが出来ず、逃げることも出来ず……嫌々ながらも伯父さんに従うしかなかった。

私としては勉強なんて頭を使うことは得意な者達に任せて、体力がある限り体を動かしていたいし、その方が効率が良いのでは？　と思うのだが……伯父さんが相手ではそんなことを言ったところで相手にはされないだろう。

そうして皆が忙しなく働いてくれている中、ユルトの中で勉強し続けるという日々が過ぎていって……そろそろ冬の寒さも峠を越えたかなという頃になったある日。

朝から続いていた勉強から休憩ということで解放された私が、広場で体を動かしていると、村の南の方からドスドスと……重い足音が響いてくる。

バッサバッサと雪を踏み荒らし、ドスドスと雪から覗く土の地面を踏み固め……そうやって姿を見せたのは、鎧作りで忙しいらしい洞人一家の一人息子、サナトだった。

顔を顰めて拳を握り込んで……怒っている訳ではないようなのだが、何か困っていることがあるというか、耐えられないことがあるというようなそんな態度で、私のすぐ側までやってきたサナトは……ぐっと息を飲んでから声をかけてくる。

「……酒が欲しい……！」

何か深刻な話でもされるのかと身構えていた私は、その一言に驚くやら何やら一瞬言葉を失うが……なんとも深刻そうな真剣な表情でこちらを見やるサナトに応える為に居住まいを正してから言葉を返す。

「酒なら倉庫の方にいくらか備蓄があるだろうから、それを飲んでくれていいぞ。以前ナルバントからも酒を用意してくれと頼まれていたことだしな、酒浸りになったり酔って荒れたりするようなら困るが、節度を持って飲んでくれるのなら自由にしてくれて――」

と、私がそんなことを言っていると、サナトは言葉の途中で大きな声を上げてくる。

「飲んじまったんだ！　倉庫にあった備蓄は全部！

全部飲んじまって……でも足りなくて、どうにか用意してもらえないか？

……鎧作りを請け負っておきながら、まともに仕上げもしないで何を言っているかと思われるかもしれないが……それでもオレ達にとって酒は欠かせないもんなんだ！

炉の熱で汗をかいたなら水分補給のために酒を飲んで、仕事を終えたなら疲れを癒やすために酒を飲んで、仕事が上手く行かない時も心を癒やすために酒を飲んで……酒を飲めば飲む程良いものが作れて……ほ、洞人ってのはそういう種族なんだよ！

親父達は酒をねだるのは鎧を作り上げてからだと考えているようだが……酒が無いせいでどうにも手の動きが鈍っちまってる……！

「……ここはどうか……恥を忍んでの願いを聞き入れてくれないか！」

そう言われて私は、開いていた口を閉じてサナトのことをじっと見やる。

酒飲みが酒欲しさにあれこれと詭弁《きべん》を使うのは何度か見てきた。

見てきたが……サナトの今の言葉はそれとは全く別のもののように思える。

本当に酒が必要で酒がなければどうにもならなくて……困り果てているような、進退窮まっているような……そんな状態に見える。

恥を忍んでというのもどうやら本当のようで、サナトは耐え難い苦痛に耐えているような表情もしていて……私はその表情から見て取れる真剣さを受けて、馬乳酒の件でも色々とあったことも思い出して……私個人の感情は今は置いておこうと心に決めて、しっかりと頷く。

「……分かった、エリーに頼んで隣領から仕入れてもらうことにするよ。

備蓄を全部飲んでしまったというのには驚かされたが……サナト達が頑張ってくれているのは工房の方へ行った時に見かけてよく分かっているし、酔いに負けて暴れたりもしていないようだから、必要だと言うならその通りにしよう。

……鎧のことに関してはそこまで気にしなくて良いし、焦る必要もないからゆっくりとサナト達がやりやすい形で進めてくれたらそれで良い」

「そ、そうか……！　そうしてくれると助かるよ！　この借りは仕事でしっかり返すから安心してくれ……！　酒代以上の代物をどんどか作り上げて見せるともさ！

と、ところでもうひとつ、ついでという訳じゃぁないんだが、オレ達の方で酒蔵を建てて酒作りをしたいと思ってるんだが、構わないか？

酒が必要になる度に外から買ってたんじゃぁ金貨銀貨がいくらあっても足りないだろう？　ならいっそのこと自分達で作ろうかと思ってるんだが……どうだろうか？」

「さ、酒蔵を……か？

資材が手に入るのなら構わないと言えば構わないんだが……ここら辺では酒の材料になるものが無いだろう？　それについてはどうするつもりなんだ？

アルナー達もここら辺で酒というと馬乳酒くらいだと言っていたしなぁ……」

突然のサナトの言葉に困惑したというか、驚いたというか、突然何を言うのかという想いでそんな言葉を返すと、サナトはばっと顔を上げて目を輝かせながら言葉を返してくる。

「馬乳酒か！　あれはあれで良いもんだよな！　酒って感じはしないが腹持ちするし、水分は取れるしで仕事をしながら飲むには最適だ！

酒蔵が完成したなら馬乳酒の生産もオレ達が完璧に行うから安心してくれ！　オレ達洞人は鍛冶職人であると同時に酒作りの名人でもあるからな！

そして酒の材料に関しても安心してくれ！

この草原に何も無いとはいっても、倉庫を覗けば砂糖が山程あるし、森にはベリーもあるようだし、森があるならどこかにミツバチがいるはずで、連中の巣を見つけさえすればそれで全てが解決する！

砂糖酒は砂糖酒で良いんだが、やっぱりハチミツ酒の風味には負けるからなぁ……追々は蒸留なんかもしたい所だが、そこまで手が回るのはいつになるやらなぁ！」

目を輝かせながら笑顔となり、先程までの様子は何処へいったのか、なんとも元気な様子でそんな声を上げるサナト。

そんな様子を見て失敗したかなと私が頭をかいていると、サナトは更に言葉を続けてくる。

「ミツバチを飼うならやっぱり花畑がいるよなぁ。

んー……そうか、そこら辺はセナイとアイハンに頼めば良いのか。

去年畑には成功していたって話だし、それなら花畑くらいなんでもないだろう。

そして資材についてだが……確かに関所を作るとかなんとか言ってる今、資材のことを心配するのは当然だが……そこについては安心してくれ、オレ達洞人は洞窟の中でも最高の酒蔵を作り出すことが出来る一族だからな。

土と岩さえあればどうにでもなる！　資材のことであんた……いや、ディアスさん達に迷惑はかけねぇよ！」

そう言ってサナトは、握った拳の親指をぐっと上げて……その親指でもって工房の方を指し示す。

工房にはナルバント達が作った石造りレンガ作りの窯が並んでいて……確かにレンガを作れる洞人達なら酒蔵くらいはなんとかなる……のだろう。

そうしてレンガ造りの酒蔵のことを思い浮かべた私は……あることを思い出し、どうせならばとこくりと頷いてから……酒蔵を作るついでにもう一つ、あるものを作ってくれないかとサナトに提案することにしたのだった。

森の中、領境付近の関所予定地で――クラウス

森の中を通る仮設の道の脇に小さなユルトをいくつか建てて、そこを関所作りのための拠点としたクラウスは、エリーが隣領から買ってきてくれた木材や石材といった資材の数や質を確認したり、どんな関所を作るかという簡単な図面を作ったりしながら、妻であるカニスが隣領から戻ってくるのを待つ日々を過ごしていた。

図面は概ね出来上がった、資材も必要な量が揃いつつある。

後は人手が……カニスが連れてきてくれることになっている人手さえあれば作業を始めることが出来ると妻の帰還を待ち遠しく思いながらの日々。

個人的な感情としてもそろそろ最愛の妻の顔をみたいなと、ユルトの中で図面にペンを走らせながら、クラウスがそんなことを考えていると……外を見回っていた犬人族達が、何かを嗅ぎつけたのか一斉に遠吠えをし始める。

すると何処からか……かなりの遠方からそれに返事をする遠吠えが響いてきて、それを耳にしたクラウスは慌ただしくペンを置いて、インク壺に丁寧に蓋をしてから立ち上がり……ユルトの外へ

とどたばたと駆け出す。

今の遠吠えは妻のものだ。

大型種の犬人族達の中では、遠吠えという行為は、はしたないことだとされているのだが、小型種の犬人族達の中ではごくごく当たり前の挨拶の方法であり、情報伝達の方法であり、小型種と関わっていく以上は避けることが出来ないものだと……なんとも恥ずかしげに震える声で発される遠吠え。

すっかりと聞き慣れたそれを受けてやっと帰ってきてくれたかとクラウスが喜びの笑みを浮かべながら道の向こう側を眺めていると……エルダンが気を利かせてくれたのか、護衛と思われる隣領の兵士数人の姿が視界に入り、次に大きな馬と大きな馬車が視界に入り……そうして馬車の側をクラウスに向けての笑みを浮かべながら歩くカニスの姿が視界に入り込む。

久しぶりに見る妻の姿に居ても立ってもいられずクラウスが駆け出すと、カニスもまた駆け出してくれて……満面の笑みのクラウスが一言、

「おかえり」

と、そう言うとカニスは柔らかく微笑んで、

「ただいま戻りました」

と、返してくれる。

人の目もあるので熱い抱擁とまではいかないが、それでも互いの手を取り合って微笑んで……そ

うやって再会を喜んでいると、どういう訳なのかカニスが、暗い表情をし始める。

「……どうかしたの？」

そうクラウスが問いかけるとカニスは暗い表情のまま馬車の方へと視線を向けて……停車し、輪止めが終わった馬車の荷台からぞろぞろと……人間族や様々な獣人族の老人や女性、子供を中心とした人々が姿を見せる。

全部で20人程だろうか、誰も彼もが痩せこけていて……その表情に生気は感じられなかった。

「すいません……急な話だったこともあり、冬という季節だったこともあり、人手があまり集まらなくて……。

働き手となるような人々は何処か余所に出稼ぎにいくか、冬でも可能な農作をしているかのどちらかで……。

クラウスさんが老人でも女性でも子供でも良いからと言っていたので一応集めはしましたが……」

クラウスの手をそっと握り、クラウスの目をじっと見つめながらそう言ってくるカニスに、クラウスは笑顔で頷き「問題ないよ」との言葉を返す。

一年で一番寒さが厳しい今の時期、隣領に出稼ぎにきませんかと募集をかけても良い働き手が来ないだろうことは承知していた。

領民を募集した時にも犬人族達しか来なかったのだからその辺りは予想出来ていた。

支払うとした賃金もそれ程高いものではなく、用意した資金のほとんどは資材の方へと向けられていて……こういう結果になるのは予想出来たことだった、分かっていたことだった。

今のこの時期にこちらに出稼ぎに来るということは、何か理由があって出稼ぎに出られなかったとか、冬用の畑に何かがあって農作が出来なくなったとか、そういう理由があってのことで……そこら辺のことを承知した上で募集をかけたクラウスは、その面々の顔を見て、もう一度頷いて……カニスの方へと向き直り、声をかける。

「以前にも説明したけど最初はこれで良いんだよ。

簡単な細工仕事や、力のいらない仕事はいくつもあるし……出来ることをやってもらって、美味しい食事をたくさん食べてもらって……賃金と一緒にあちらに戻ってもらってここの評判を広めてくれたらそれで良いんだ。

その評判を聞きつけてまた新しい人が来てくれるだろうし、今いる人達も美味しい食事を毎日のように食べていたら元気になっていって、もりもり働いてくれるようになるだろうし……そうやってゆっくり進めていけば良いんだよ。

まずは仮設の関所を作って、それから本格的な関所へと作り変えていって……全部終わるまでに何年かかるか、正直分からないからね、焦らずにゆっくり行こう！

……まぁ、ここら辺のことは全部ディアス様からの受け売りなんだけどね！」

かつてディアスが、ジュウハの助言を受けながら占領地にてやったことであり、そうやっていくつかの砦を造ったり、あるいは壊したり、土地を開墾したり、森を切り拓いたりもしていて……それを側で見ていたクラウスは、それをそのまま真似る形で関所作りを進めようとしていた。

カニスとしてはディアスのことは嫌いではないし、尊敬もしているが、そんなことが本当に可能なのか、本当にあったことなのかと疑う気持ちがいくらかあって……どうしてもその気持ちを振り払うことが出来なくて、笑顔になれないままなんとも複雑な表情を浮かべ続ける。

そんなカニスの顔を見て苦笑したクラウスは……、

「ま、何はともあれまずは食事だ！

皆！　働きに来てくれた人達の為に美味しい食事を作ってあげるとしよう！」

と、そんな声を上げる。

すると見回りから拠点へと帰ってきていた犬人族達が「わおーん！」と元気な声を上げて……兵士達や働きに来た人々が驚きの表情を浮かべる中、テキパキと手際よく支度をし始めて……ユルトの中から引っ張り出した干し肉などの食料を使ってスープを作り始めるのだった。

荒野で―――ヒューバート

サーヒィが三人の鷹人族を連れてきてくれて、エイマが乗馬をこなすようになって、荒野の地図作りはこれまで以上の速さで進んでいた。

草原から岩塩鉱床の一帯を過ぎて、黒水と呼ばれる油が湧き出る一帯まで。

そこまでを新たな領地とし、干し肉や銀貨をそこらに置いておくといった方法や、空からの目視、犬人族の鼻も借りて誰も住んでいないことを改めて確認し……丁寧な測量をした上での地図を作っていって……。

もう何日かあれば王都に提出しても問題の無い程度の地図が出来上がることだろう。

領地として確保することになった荒野には、いくつかの岩山などはあったが特にこれといった地形的特徴はなく、激しい高低差もなく、おかげで完成しつつある地図のほとんどは白紙で……。

そんな地図を見るとなんとも寂しい領地に見えるが、これだけの広さの岩塩鉱床があればそれだけで価値は十分で……十分なのだけれども、この荒野に更なる付加価値をつけられないかと悩んでいたヒューバートは……何人かの犬人族達と共に荒野を歩きながら、完成間近の地図を見ながらぼつりと言葉を漏らす。

「せめて近くに川があるとか、湖があるとか、水源があれば開墾も出来たんですけど……この感じだとこの荒野は荒野のまま、ですかね……ディアス様の黄金低地のようにはいきませんねぇ」

誰に言った訳でもないその言葉に反応したのは、側を歩いていた犬人族ではなく……少し離れた所でアイーシアという名の馬を……何処からどう見ても王家に伝わる王家の者だけが許された黄金毛の馬を駆るエイマで、その長い耳でヒューバートの言葉を聞きつけたらしく、ヒューバートの側へと愛馬を進めてきて、声をかけてくる。

「黄金低地って何ですか？　初めて耳にする単語ですけども？」

「おや？　そうなのですか？　あの戦争でのディアス様の活躍の中ではかなり有名な逸話で……てっきりディアス様から聞いているものとばかり思っていましたが……」

と、そんな言葉をヒューバートが返すと、エイマは苦笑しながら言葉を返す。

「ディアスさんってあんまり戦争のことを話してくれないんですよ。

勿論聞けば答えてはくれますし、話すのが嫌って感じでも無いのですけれど……自分なんかがしたことは凄くないっていうか、わざわざ話すようなことじゃないって思い込んでいる節があって、そもそも自慢話をするような方でもないですし、中々聞ける機会が無いんですよねー」

「ああ、なるほど……確かにディアス様はそういうお方かもしれませんね……。

戦時中の自分は、王都に引きこもっているばかりでしたが、それでも文官として戦争関連の仕事をしていましたし、戦地関連の情報も仕事として集めていまして、その中で耳にした逸話の一つが黄金低地……占領した敵地の民と麦畑を敵兵から守り、見事に敵兵を撃退した上に敵の砦まで陥落させて、そのついでとばかりに荒れ地を開墾したという……自分で口にしていて何が何やらと混乱してしまうような逸話なのですよ」

「え？　え？　何ですかそれ？　何ですかそのお話？　ボクにも教えてくださいよ!!」

ヒューバートの口から放たれたとんでもない話に食いつき、尻尾をゆらゆらと振りながらそう言うエイマに、ヒューバートが苦笑しながら話をしようとした――――その時、周囲を歩いていた犬人族が声を上げる。

「あ！　お星さま！　ヒューバートさん！　お星さまが出ましたよ！」

日が暮れ始めて、星々が輝き出した空を指差しながらの犬人族の声に、ピクリと反応したヒューバートは「話はまた今度で！」とそう言ってから測量器具を取り出し始める。

測量器具の中には空の太陽や星を見ながら使用するものがいくつかあり……個人的な好みとして星を見ながらの測量を好んでいたヒューバートはいそいそと取り出した測量器具の調整をし、地図を構え……無言で地図を見て空を見て、荒野の果ての地平線を見ての測量をし始める。

その姿を見て小さなため息を吐き出したエイマは……まぁ、またいつでも話を聞く機会はあるだろうと頷いて……足元のアイーシアに「お願いします」と小さな声で話しかけ、ヒューバートの測量が終わるまでの時間、周囲を駆けて駆けて駆け回り……存分なまでに乗馬を楽しむのだった。

吹雪の中のユルトで——ディアス

エリーにまた頑張ってもらって、隣領からいくらかの酒を仕入れてもらって……そうして酒を手に入れたナルバント達は、工房の魔石炉からもくもくと煙を上げながら鎧作りに励んでくれている。

どうやら手間取っていた部分に関しては片がついたようで、山場を乗り越えた反動というかなんというか、そこからの作業は順調過ぎる程順調に進んでいるらしく、最近はちょこちょこと広場に顔を出しては、やれ私の腰回りだの脚の長さだのを測りに来たり、私だけでなくアルナーやセナイとアイハンにも様々な意見を聞いたりしているようだ。

春までにはなんとか終わらせる、そんな言葉を口癖のように繰り返しながら毎日毎日、一生懸命に働いてくれて……クラウス達やヒューバート達もそんなナルバント達に負けていられないと頑張ってくれている。

まだまだ冬の中、厳しい寒さの中だというのに、メーア布の冬服さえあれば寒さなんて気にならないとばかりに村の皆もまた元気に……マヤ婆さん達までが元気に働いてくれていて、なんだかこのまま忙しくしているうちに春がやってきてしまいそうだなと、そんなことを考えていた……のだが、やっぱり冬は冬であり、厳しいものであり……ある日に北の空で雷鳴が轟いたかと思ったら、次の日には水が一瞬で凍りつくような冷たい風が北から吹いてきて……そうしてイルク村は凄まじい吹雪《ふぶき》に包み込まれてしまった。

流石にこの吹雪では外を出歩けないと、誰もがユルトの中に籠《こ》もって一日を過ごすようになり……外に出るのは最低限に留めて、ユルトの中で出来ることをするようになり、一日二日と時が過ぎていって……そうして三日目の昼過ぎ。

編み物や刺繍をしたり、薬草の使い方を習ったりして時を過ごしていたセナイとアイハンが……ゴロンとユルトの床に寝転がって、そのままゴロゴロと転げ回り始める。

「もー……飽きた！　暇！　外で遊びたい！」

「もー……ふぶき、きらい!!」

転げながらそんな声を上げたセナイとアイハンは、アルナーの下へ行ってはアルナーに甘えて、六つ子の相手をしているフランソワの下へと行ってはフランソワに甘えて……そうしてから私の下へと転がってくる。

「まぁ……気持ちは分かるけどな。

私も暇で暇で仕方ないし、外に出て働きたい気持ちはあるんだが……この吹雪では流石にな。

……いつまでも冬が続く訳ではないし、吹雪もそう遠くないうちに収まるだろうから、それまでは我慢我慢、ユルトの中でゆっくり過ごすとしよう」

転がってきたセナイとアイハンの頭をそっと両手で受け止めて、優しく撫でながらそう言ってやるとセナイとアイハンは同時に『んーーーー！』と声を上げながら手足をばたつかせて不満を表現してから……何か思いついたことでもあったのか、ガバッと起き上がり、ちょこんと私の前に座り、その目を何故か輝かせながら声を上げてくる。

「ディアス！　お話しして！」

「おはなしー！　なんでもいいからー！」

強い雨の日や風が強い日なんかは夜でも騒がしくなってしまい、セナイとアイハンはその音に驚き怖がって……眠れなくなってしまう時がある。

そんな時にはおとぎ話なんかを話してやって、二人が眠れるまで付き合ってあげているのだが……どうやらセナイ達は吹雪もまた似たようなものだと、『お話』を聞ける良いチャンスだと、そんな風に考えてしまっているようだ。

……まぁ、話をするくらいなら何でもないし、それで二人の暇が紛れるならそれも良いかと頷き……少しの間悩んだ私は、私が一番好むお話の題名を口にする。

「……そうだな、今日は『竜殺しの英雄譚』のお話はどうだ？　面白いぞ？」

するとセナイとアイハンは途端に渋い表情となって……頬をぷくりと膨らませ、ぶんぶんとその顔を左右に振る。

「……だ、駄目か？　面白いお話なんだがなぁ」

その反応を受けて私がそう言うと……セナイとアイハンは頬に溜め込んだ空気をぷしゅうと吐き出して、しょうがないなぁと言わんばかりの表情で言葉を返してくる。

「倒したもん、ドラゴン！」

「わたしたちも、たおしたもーん、そんなのぜんぜんすごくない！」

その言葉を受けて私はハッとなる。

イルク村の皆と鬼人族の皆と力を合わせて戦ったフレイムドラゴン。

その時にはセナイとアイハンも力を貸してくれていて、ドラゴンの翼に大きなダメージを与えるという結構な活躍をしてくれている。

セナイとアイハンにとってドラゴン退治は、おとぎ話ではなくつい最近経験したばかりの日常の一幕であり……わざわざお話として聞くような内容では無いのだろう。

しかしそうなると一気に話題は減ってしまって、ドラゴン退治以外に何か良い話題は……これまで話してきたお話以外に何か良い話題は無いかと私が頭を悩ませていると、私達のやり取りを静かに見守っていたエイマから声が上がる。

「それならディアスさん、黄金低地のお話をしてくださいよ、黄金低地！

ディアスさんが参加した戦争の逸話の中で一番の逸話だとかなんとか、ヒューバートさんがそんなことを言ってたんですよ！

中々機会が無くてヒューバートさんからその詳細を聞けていなかったんですけど、本人から聞けるならそれが何よりですからねー。

どうですか？　英雄ディアスの冒険譚、黄金低地のお話！　っていうのは！」

その声を受けてアルナーは興味を抱いたのか「ほぉ、そんな話があるのか」と呟き、フランシスとフランスワと六つ子達と……エイマは勿論のこと、セナイとアイハンもまた期待感でその目を輝かせて、こちらをじーっと見つめてくる。

……黄金低地、黄金低地？

……はて、一体何のことなのだろうか？

私が記憶している限り、あの戦争で低地が絡む話というとあの低地での話、一つしかなく、恐らくはそのことなのだと思うが……『黄金低地』という言葉には全く聞き覚えがなく、思わず首を傾げてしまう。

するとセナイ達は途端に残念そうな、期待を裏切られたというような悲しそうな表情をし始めてしまい……私は慌てて首を左右に振って、居住まいを正して二人に向き合う。

「……よし、分かった、黄金かどうかは分からないが、低地に関する話なら一つだけ思い当たることがあるから、そのことを話してやろう。

……ただ、戦争の話だからそんなに面白くないというか、暇な話になってしまうかもしれないが、それでも構わないか？」

セナイとアイハンの目をじっと見つめながらそう言うと、二人は力強く頷き、いつのまにか側に

やってきたエイマと、六つ子達までがこくこくと激しく頷く。

それを受けて……アルナーまでが期待に満ちた視線を向けてきていることに気付いた私は、こほんと咳払いをしてからその話をし始める。

「あー……何年前のことだったか、正直はっきりとは覚えてないが、その時にはクラウスとジュウハという名の自称王国一の兵学者が側にいて、私と一緒に行動してくれる志願兵達も1000人を超えて1200人程になっていて――」

――そんな皆と一緒に東へ東へと進んで、敵国の領土のかなり深い所まで進んだ所がその低地で……周囲をいくつもの砦に囲われたその低地には、広い麦畑と小さな街……というか集落があって。

私達がその集落に到着すると、集落の長は、私達に対し抵抗する素振りを一切見せず、それどころか来てくれて本当にありがたいと歓迎の宴まで開いてくれた。

そして集落の長はその宴の中で私達に対し……、

『どうか、どうか私達を帝国兵の略奪から守ってください』

と、そんな言葉を振り絞るかのような声で、投げかけてきたのだった。

過日、低地にある集落で――ディアス

頬のこけた細面、手入れのされてない長白髪の、ボロボロの麻服といった格好の長の話はどうやら込み入った内容になるようだ。

そう判断した私とジュウハは、クラウスに皆のことを頼んで、長の家へと移動することにした。

木造りの長の家とは思えないような質素な家……というか小屋に入り、長が座るようにすすめてきたボロボロの椅子は長に譲り、私達は小屋の入り口や窓の近くに立って、外の様子を気にかけながら長の話に耳を傾ける。

「私達の祖先は元々、帝国の民ではありませんでした。

国も何も無い、この地で畑を耕して日々を過ごしているだけの存在で……。

ですがそんな日々も長くは続かず、領土を拡大し続ける帝国に飲み込まれることになり……帝国領土に暮らす帝国臣民としての最下層に位置することになりました。

帝国の支配下ではその一族が、あるいはその集落がどれだけ帝国に尽くしたかで扱いが変わります。

ですがこの土地では麦を育てるのがせいぜいで……今でも私達は最下層のままです。それでもこれまでは麦の一部を税として納めさえすれば生きていくことは出来たのですが、ここ最近は戦況の悪化もあって帝国から要求される量は増すばかり……。それどころかついには畑の麦が収穫できたらその全てを明け渡せと、先月そんなことを言われてしまいまして……」

その言葉を受けて私がなんとも言えず、渋い顔をしていると長は慌てたように顔を左右に振ってから、言葉を続けてくる。

「い、いえいえ、貴方達のせいだなどとは露ほども思っていません。貴方達もまた帝国に飲み込まれかけた側の立場だと聞き及んでいますし……帝国に逆らい、その上勝利をおさめている様はなんとも羨ましく、ただただ尊敬するばかりです。……全ては帝国のせいで……その帝国に私達は今滅ぼされようとしています。な、ならば……どうせ滅ぶならば、貴方達について、帝国の支配から脱するという道を選びたいと、そう思いまして……。

助けて頂いたとしてもお返しできるものは何も有りませんし、ただただすがることしか出来ませんが、どうか私達を帝国の魔の手からお守りください……」

長の声は震えていて、それでいて確かな力が込められていて、どうやら嘘は言ってないようだと判断した私が言葉を返そうとすると、それよりも早く大げさな仕草で顎を撫でたジュウハが長に言葉を返す。

「話は分かった……が！

そういう話であれば対価はしっかりともらう必要があるだろうな！

そう対価……貴方が持つありったけの情報を対価として渡してもらうとしようか。

まず、この辺りの状況について……この集落は複数の砦に囲われているようだが、あれらは一体どういった意図の砦なんだ？　砦内のことやそこにいる戦力のことなど、出来るだけ詳しい話を聞きたいねぇ？」

その言葉を受けて長は驚愕の表情を浮かべる。

宴を開いて出来る限りの歓迎をして……それで精一杯、後は本当に私達にすがるしか無かったのだろう。

この家の様子を見ればそれは明白で……恐らくは自棄交じり、駄目で元々の行動だったのだろう。

そしてそんな有様を、まさかこんなにもすんなりと受け入れられるとは思ってもいなかったと、その表情で語った長は……その瞳にいくらかの生気を取り戻し、声を弾ませながら言葉を返してくる。

「は、はい、私の知る範囲で良ければ……全てお話しします。

周囲の砦は私達を見張り、逃散するのを防ぐために造られたと聞いています。

まず東の、麦畑の向こうの荒れ地の向こうに大きな砦が一つ……これはモンスターの襲撃などにも備えているものだそうで、砦というよりも城塞で、普段は数千の兵がいるそうです。

……普段はそれだけの数がいるそうなのですが、今は東の東、かなりの遠方の地で起きた反乱に対処しているとかで、そのほとんどが不在と聞いています。

主力の重装騎兵も全て出ている……との噂です、実際にこの目で見て確かめた訳ではありません、私達は近づくだけで殺されてしまいますから……。

そしてこの集落を見張るための小さな砦が北と南に二つずつ……これらは砦というよりも陣地という感じで、数十人から100人前後の兵がいると聞いています。

更に西にもいくつか砦があったのですが、それらについては誰あろう貴方達がここに来るまでに落としたと聞いています」

との長の言葉を受けてジュウハは、長の家の中にあった小さなテーブルの方へと足を進めて……懐の中から羊皮紙を取り出し、そこに書いてあった文字や絵をナイフで削り取り……炭片でもってこの辺りの地図を描き始める。

描く途中で長にあれこれと、この集落で暮らす人々の数や、どれだけの備蓄があるか、この集落にはどんな施設があるのか、各砦の位置や周囲の地形、ここら一帯の天候などについての質問をし……それらの情報もしっかりとその地図に書き込んでいく。

そうして地図をある程度まで描き上げたジュウハは……今度は懐の中から財布を取り出し、銅貨や銀貨を地図の上に並べながら、私に言う訳でもなく長に言う訳でもなく、大声での独り言を口にし始める。

「これだけの砦があって……それだけの兵力がいて、何故やつらはオレ達を放置しているんだ？　すぐにでも討伐したら良いだろうになぁ……。

噂が本当で主力が遠方に出ているから、主力の帰還を待っている……のか？

しかしそんなことをしているうちに畑の麦が収穫可能になったらどうするんだ？　オレ達が全部収穫した挙げ句、民と共にどっかに逃げるとは考えねぇのか？

ディアスならそんなことをしねぇだろうと読んでいるのか？　そう読んだ上でここの連中を抱え込ませて、弱点にしようと考えたか？

畑を焼くこともねぇだろう、略奪をすることもねぇだろう、だというのに集落の民を守ろうとするだろうから、集落ごと重装騎兵で押しつぶせば勝てる……と？

数千……数千の兵、うち何割が騎兵だ？　歩兵の強さを1とするなら騎兵は10だ、５００でも厄介極まりねぇが……遠方の反乱のために呼び出される主力……か。

数千まるごと騎兵ということもありえるか？

数千……数千、１０００か２０００か……５０００ってことはねぇだろうが、多く見て４０００の重装騎兵？

いやいや、そんなもんがいるなら王国本軍との戦いに出せよ……いや、出したのか。

出して数が減って、数が減ったからそれを隙と見て反乱が起きた。

……そうなると1000か、そうだな1000の重装騎兵がいたが遠方で反乱鎮圧中で……残った城塞の歩兵は500もいねぇのかもしれねぇな。

500でも城塞に籠もられたら迂闊《うかつ》に手出しはできねぇからな……そうだな、そのくらいだろうな。

そして他の砦はここまでの道中で見たのと同じ規模……なら多くて50ってとこか」

そんなことを言って、地図の上にいくつもの銅貨銀貨を並べて……並べ終えたと思ったらそれらを一つずつ摘みとっていって……財布の中へと戻していく。

まずは南の銅貨、それから北の銅貨、東の銀貨には手を触れず……しばし黙考。

黙考しながら顎を撫で、何度も撫でて……大げさな仕草でこちらに振り返り、その長い髪をばさりと優雅に振るったジュウハが私に言葉を投げかけてくる。

「ディアス。策が出来た、出来はしたが何処かから漏れると終わりだからお前にも話してやらん。問題はあるか？」

「いや、無い。この集落と麦畑を守れて、相手に勝てるならそれで構わない」

ジュウハの言葉に私がそう即答すると、ジュウハはニヤリと笑い……長は顎が外れんばかりの大口を開けて唖然とする。

「良し良し、それで良い、お前はそうじゃねぇとな。

じゃぁお前は敵の主力が戻ってくるまで南二つの砦と、北二つの砦を落としてきてくれ。

800人とクラウスを預けるから各個撃破していけば楽な仕事だろう。

で、敵兵はなるべく殺さず、東の城塞に逃がしてやれ、オレ達は歩兵ばっかりで騎兵は0で……騎兵との戦いは苦手で、騎兵とは戦わずに逃げてここまでやってきたと、そんな噂話をそれとなく聞かせてやった上で、な。

可能なら士気と練度が低いように見える演技をした状態で砦を落としてくれると良いんだが……ま、お前にそこまでの期待をするのは間違ってるか」

実際の所としては騎兵とは何度かやりあっているし、味方にも数える程だが騎兵がいるし……荷を運ぶ為の馬が結構な数いたりするのだが、私は何も言わず素直に頷く。

「砦を落としたら中にある武器や食料……ま、大した量はねぇだろうが、それら全てをこの集落に集めとけ。

残りの連中を狩りなんかの食料調達にあてるつもりだが……多いに越したことはねぇからな。

砦そのものもバラして資材にした上で集落に集めてくれ……間違っても壊すんじゃねぇぞ、再利用できるように丁寧にバラすんだぞ？

……その間オレ様は何人かと一緒に策のために動く、しばらくは帰ってこねぇし、連絡も断つが問題あるか？」

「無い、好きにしてくれ。

ちなみにだが、敵の主力が戻ってくるまでに砦を落とせという話だったが……それは具体的にいつ頃になりそうなんだ？」

「さてな。ただ、敵さんはここの麦を手に入れるつもりのようだから、それまでには帰ってくるんじゃねぇかな？

歩兵だけじゃぁ迅速な収奪は出来ねぇからな、ちんたら歩兵が迫っているとなって、自棄になったここの連中に麦畑を焼かれました、なんてのは避けたいはずだ」

そう言ってジュウハは地図の上の銀貨をしまい……地図も丁寧に折りたたんで懐の中にしっかりと押し込む。

そうして私とジュウハは椅子に座ったまま動きもせず、言葉も口にしない長に軽く挨拶をしてから……早速行動開始だと、宴を楽しんでいる皆の下へと駆けていくのだった。

過日、集落の片隅で――――集落の長

それは半ば自棄になっての決断だった。

帝国からの扱いは年々悪くなっていき、ついには収穫したものを全て明け渡せと言われて……そこまでされるのならばもう殺されてしまったほうがマシで……。

飢えて死ぬか、逃散して死ぬか、それとも自ら喉を裂いて死ぬか……。

あるいは敵を……敵国の兵士を招き入れた上で戦って死ぬか……。

それらの選択肢の中で、帝国が最も一番嫌がるのは最後の選択肢だろうと考えて、そうして長は敵国の兵士を……ディアス達を招き入れたのだった。

そんなことをしてしまえば、兵士達に略奪をされるかもしれないし、乱暴狼藉《ろうぜき》をされるかもしれないが……それでもこのまま何もしないよりはマシだろうと判断した長は、ディアス達に全身全霊で縋《すが》り、煽《おだ》て、媚《こ》びることでどうにかその庇護を得ようとしていた訳だが……その悲壮なまでの決意は全くの空振りに終わることになる。

ディアス達が集落にやってきて今日で三日。

その間彼らは一切の略奪をせず、狼藉を働かず……宴で良い思いをさせてくれたからと、畑仕事や力仕事を手伝ってくれているような有様で……規律正しく折り目正しく、何の対価も要求することなく集落の者達を庇護してくれていたのだ。

彼らからすると宴でもって歓迎してくれたことがその対価であるとのことなのだが……こんな貧しい集落の、たった一夜の宴にそこまでの価値があるはずがなく、長は一体何が目的なのかと混乱し、大きな不安を抱くことになる。

不安のあまりに兵士達にどうしてそこまでしてくれるのかと尋ねたことがあったが……帰ってきた答えは誰に聞いても大体が同じような内容だった。

『そうしないとディアスさんに怒られるからなぁ』

『あの人、怒ると怖いんですよ、いや、本当に』

『……変なことしちまって踏み砕かれるのはごめんだ』

そんなことを言った後にどの兵士達も、怒った時のディアスの顔を思い出しでもしたのか顔色を悪くし、身震いをし……そうしてから背筋を正し『でもそんなディアスさんだからこそ付いていきたくなるんだよ』と、口々にそんなことを言って、それぞれに与えられた仕事へと戻っていく。

そうは言っても1200人もの大所帯……多少はこの集落から食料を得ないと食っていけないだろうと、多少の息抜きだってする必要があるはずだと長は考えていたのだが、それでも兵士達は集落のあらゆるものに手を出すことはなく……そうしてその日の昼過ぎ、その疑問の答えがディアス達の後を追いかけるかのように西の向こうからやってきた。

それはかなりの規模の、数十台の馬車からなる隊商だった。

1200人の客がそこにいる前提での量となっているようで、山のような食料と衣服と、日用品などを積み込んでおり……楽団や踊り子の姿もあるようだ。

そして兵士達はその隊商の姿を見るなり、喜び勇んでそちらへと駆け寄っていって……今までの戦いで得たものなのだろう、いくらかの硬貨や戦利品との交換でそれらの品々を買いあさり始める。

戦争の中で、兵士相手に商売をする隊商が存在しているという話は長も聞き及んでいたが……それがまさかこれ程までの大規模のものだったとは思いもよらなかった。

そんな驚きを懐《いだ》きながら、長が呆然とその光景を見やっていると……隊商の隊長らしき、立派な髭と立派な腹を揺らす商人が長のもとへとやってくる。

「やぁ、どうもどうも、この集落の長は……アナタですか？」

長の風貌を見てそう判断したのだろう、商人がそう言ってきて……長は呆然としたままこくりと頷く。

「おお、やはり、そうでしたか。

……突然ですが、集落のどこかに空き家とか、空き倉庫などはありませんか？

あるならディアスさんがこちらに滞在する間、お借りしたいと思うのですが……」

「そ、それなら集落の外れのほうにいくらかありますが……。

……も、もしかしてですが、その、あなた方もこの集落に滞在されるのですか？」

商人の言葉に長がそう返すと、商人はいやいやと顔を振りながら笑って、機嫌が良いのか弾んだ声を返してくる。

「いえいえ、私共は見ての通りの隊商ですから、商品を吐き出し次第……明日の朝にでも発つ予定です。

ですがこちらにディアスさん達が滞在なされるのであれば、またすぐにでも次の商品を持って来ることになると思いますので……空き家や空き倉庫を借りて、そこに売れ残りの商品を保管したり、疲労がたまっている者の休憩所にしたりしようかと思いまして……。

「……ああ、勿論使用料の方は、しっかりとお支払いしますよ」

そう言って商人はいくらかの硬貨が入った麻袋を手渡してきて……長は目を丸くしながらそれを受け取ることになる。

……外の人間から硬貨を受け取るなど、一体何十年振りのことだろうか。

それもずしりとした重みを感じる結構な量で……ちらりと麻袋の中身を見てみれば、銅貨だけでなく、これまでの人生の中で数える程しかお目にかかったことのない銀貨も数枚入っているようだ。

つい数日前までこの集落の全てが奪われてしまうと、どうやってそれを防いだら良いのかと頭を悩ませていたはずなのだが……それがどうして今、自分の手の中にあの銀貨があるのだろうか？

訳が分からない、何もかもが理解できない、集落の皆にどう説明したら良いのか答えがでない。

そう混乱しながらも長の手はしっかりと麻袋を摑んでいて……長は現金なものだなと苦笑しながらその麻袋を懐の中へとしまい込む。

……と、その時、一人の青年がこちらへと駆けてくる。

「ああ、ここにいらっしゃいましたか。

これから南の砦攻略などに関する作戦会議を行うので、参加の程よろしくお願いします」

これもまた長には理解が出来ないことだった。

この青年……クラウスという名だったか。彼はこんな風に毎日、何らかの話し合いが行われる度に長を探し回り、参加するようにと声をかけてくるのだ。

ディアス曰く、この地の長に無断で勝手なことをする訳にはいかない。

クラウス曰く、現地の人の土地勘や情報が欲しい。

……いやいや、そんなものは勝手にしたら良いことだろう、情報がほしければその都度情報だけを引き出したら良いだけだろう。

何故毎回長を参加させるのか、長から帝国に情報が漏れたらどうするつもりなのだろうか……？　毎日のように長を探し回っている辺り、長の動向を見張っている訳でもないようだし……本当に一体何が目的なのか……。

自分が味方かどうか確かめるために試しているのか、それともまさかまさか、何も考えていないだけなのか……？

……いや、まさか、そんなことあるはずないだろうと頭を振った長は、考えても答えは出なさそうだとため息を吐き出してから……商人に礼を言ってから別れを告げて、クラウスに「分かりました」と返して頷き、その後を追いかけて足を進める。

足を進める先は、ディアス達が集落の側に作り始めた野営地だ。

簡単な作りの幕屋を造り、簡単な作りの小屋のようなものを造り……馬車を並べてそこを寝床にしたりもしている。

集落の空き家を使うこともなく、集落の家を奪う訳でもなく……これもまた長には理解できないことだった。

そんな野営地の中で一番立派な……ギリギリ小屋と言えなくもない建物の中に入ると、そこにはディアスがいて、何人かの年配の兵士達がいて……なんとも雑な作りの、大雑把な地図を前にしてあれこれと言葉を交わし合っている。

「偵察の結果、南の二つの砦……いえ、陣地はどうやら木造のようです。

大木で作った杭を並べて立てて木の板などで補強して壁にし、その壁で陣地全体を囲った形で……櫓《やぐら》は二つ、中の人数を把握出来る距離まで近づくことはできませんでした。

夜間の篝火《かがりび》の数は少なく、見張りの数も少ないようですね。

壁の高さは……大体ディアスさん二人分といったところでしょうか、壁の上部に返しなどはなく、杭の先端を削って尖らせているだけとのことです」

「そうか、木造か。なら正面から突っ込んで戦斧で殴って穴をあけるというのも一つの手だが……以前それをやった時はジュウハにこれでもかと怒られたからなぁ。

……全員で陣地を包囲というのも、無駄に疲れるだけだろうし……。

そうだな、夜にこっそりと私が一人で向かって、壁をよじ登って陣地の中に忍び込んで、敵兵全員を殴り倒すとかはどうだろうか？」

偵察の結果を報告した年配の兵士に対し、何の冗談なのか馬鹿馬鹿しいとしか言えない言葉を返すディアス。

するともう一人の年配の兵士が「なるほど」とそう言って頷いて……手にしていた羊皮紙に、今しがたディアスが口にした、とんでもない内容を記していく。

「中にいるのは多くて50人なんだろう？　夜ならそのほとんどが寝ているんだろうし……見張りと起きている連中を騒ぎになる前に殴り倒せばそれで制圧は完了したようなもの……。

　ジュウハが敵はなるべく殺すなと言っていたしなぁ……そうなるとこれが一番だと思うが、クラウスはどう思う？」

「夜間の侵入となると音を立ててしまう鉄鎧は身につけられませんし、壁を登るとなるとあの戦斧は持っていけないと思いますが……大丈夫ですか？」

　更にディアスがそんなとんでもないことを口にし、特に驚く様子もなくクラウスがそう返し……少しだけ悩むそぶりを見せたディアスは「ま、なんとかなるだろ」とそう言ってから頷き、この辺りにはどんな狩場があるのか、そこにどれだけの人数を派遣するのかと、そんなことを話し合い始める。

　現地の人間としてその話し合いに参加することになった長は、積極的に情報を提供しつつも、先程の冗談のような話し合いの……作戦会議とはとても呼べないような会議の内容が気になって気になって仕方なく、どうにも集中出来ない。

　そんな気もそぞろと言ったような状態は夜になっても、寝床に入り込んでも続くことになり……そうして寝不足のまま迎えた翌朝。

　長が井戸で朝の身支度をしていると、クラウスが長の家までやってきて、昨夜あったという出来事を報告してくれる。

「昨夜、南の陣地の一つが、昨日話し合った作戦通りの、ディアスさんの活躍のおかげで陥落しました！

敵兵32名は全員捕縛……思ったよりも少なかったですね。

この連中は周辺の砦の攻略が終わったら東の城塞の近くで解放する予定で……まぁ、俺達の方で面倒を見ますのでご安心ください。

それとこれから陣地にあった食料や武器がこちらに運ばれてくる予定で、もし必要であればいくらかお譲りしますと、ディアスさんからの伝言を預かっています！」

その言葉を受けて長は、驚きを通り越して呆れ返り……もう深く考えるだけ無駄だと、悩むだけ無駄だとの結論を出す。

そうして思考を放棄しての真顔となった長は、淡々とした声で、

「食料の一部を買わせてください。

昨日、ちょっとした収入がありましたので、そちらで支払います」

と、そんな言葉を吐き出すのだった。


過日、南にあるもう一つの陣地で――――ディアス

夜が深くなるのを待ってから、昨日落とした陣地からそれなりに離れたところにある、もう一つの陣地へと一人でこっそりと忍び寄る。

陣地の壁にたどり着けたなら張り付き、壁の向こうの気配を探り……ここら辺なら問題無さそうだと確信出来たら、木杭へと手を伸ばし、でっぱりやへこみや木杭を縛るロープなんかを頼りによじ登っていく。

そうして杭が体に刺さらないように気を付けながら、向こう側に乗り越えたなら……ゆっくりと降りていって……篝火の側に立つ見張りへと狙いを定める。

敵が来るとは思ってもいないのだろう、大あくびをしたり、立ったまま目を瞑ったりしていて……見張りだというのに辺りを見回しもせずにただそこに立っているだけだ。

鋭い槍を体に立て掛けているものの柄を握っておらず、いざ敵がやってきたとしてもあれでは構えを取るまでにかなりの間が空いてしまうことだろう。

そんな敵兵の下へと背後から忍び寄ったなら……肩を叩いてこちらへと振り向かせて、その顎を殴り抜ける。

すると敵兵はその場に崩れ落ちるので……槍を奪って、猿ぐつわを嚙ませ、持ってきたロープで軽く手足を縛ってから……また次の敵兵へと狙いをつける。

昨日襲撃した陣地もそうだったが、十分な武器はあるのにそのほとんどが倉庫の中、鎧や兜だってあるのに身につけている者は一人もおらず、立派な櫓も使われている気配はなく……折角の陣地だというのに、陣地としての機能はそのほとんどが失われていた。

あの集落の者達はわざわざ見張るまでもなくとても従順で、この辺りにはこれといって危険なモンスターもおらず……すべき仕事も特に無く。

その結果の有様らしいが、まったく……。

戦時中なのだからやることが無いなら無いで訓練をするとか、戦地に援軍を出すとか、色々と出来ることがあるだろうになぁ。

……と、そんなことを考えながら残りの見張りを一人残らず殴り倒し、縛り上げる。

そうしたなら昨日のように、宿舎というか幕屋の中で寝ている敵兵全てを、私一人で縛り上げても良いのだが……昨日はそれをやったら夜明け直前までかかってしまったからなぁと、門の方へと向かい……大きな閂《かんぬき》をそっと……出来るだけ音を立てないように外して門を開き、篝火から作った松明を振り回して夜の闇の中で円を描く。

すると出来るだけ音を殺しながらの小走りで、クラウスが率いる皆が駆けつけてくれて……そうやって合流した私達は、そのまま一気に陣地内を制圧していくのだった。

翌日。

南にあった二つの陣地を落としたとなって、残るは北にあるという二つの砦となる訳だが……クラウス達が捕縛した敵兵達から聞き出した話によると、北の二つは南のとは違い、しっかりとした石造りの、砦と呼ぶに相応しいものになっているそうだ。

片方は猛将と呼ばれる荒っぽい男が指揮しているそうで、もう片方は智将と呼ばれる慎重な男が指揮しているそうで……そんな二つの砦をどうやって落とそうかと私達は野営地に建てた小屋で話し合いを始めていた。

話し合いに参加しているのは私と、集落の長とクラウスと、長い付き合いの志願兵が三人。

元大工のジョーと、元石工のロルカ、元鍛冶職のリヤン。

王国兵のクラウスと共に、私に無い知恵を貸してくれる頼りになる仲間達だ。

「ディアスさんがまた忍び込むというのも手ですが……北の砦はどちらも兵達の訓練をしっかりとしており、櫓や壁上部の歩廊など設備もしっかりしているとかで……簡単にはいかなそうですね。

他に何か良い手があればそちらを試すべきでしょう」

「……実際に見てみないことには断言は出来ませんが、話を聞く限り壁や砦そのものの破壊という手も今回は難しいでしょうね。

攻城兵器を作ればなんとかなりそうですが……そのためには相応の資材と時間がかかってしまいますね」

「南の陣地で手に入れた武器と防具、食料がありますし、人数差も圧倒的ですから力攻めという手も可能は可能です。

力攻めとなれば当然、それなりの被害は出てしまうでしょうが……」

ジョー、ロルカ、リヤンが順番に意見を出してくれて……その意見を飲む込み頷いた私は、とりあえず思いついた手をそのまま口に出す。

「被害を出したくない時の手というと……やはり敵将との一騎打ちだろうか？

向こうとしても真っ向勝負は嫌がるはずだから、こちらから申し込めば受けてくれるのではないか？」

私と敵将との一騎打ち。

私が勝てば砦を明け渡してもらう、私が負ければ私達は敗北を認め、南の陣地で得た捕虜と食料と武器を明け渡し、あの集落からも撤退する。

そんな条件で申し込めば50人程度の戦力の向こうとしては渡りに船と喜んで受けてくれそうだが……。

「猛将と呼ばれている方はそれでいけるかもしれませんが、智将の方は難しいかもしれませんね。

話を聞く限り自らの腕に自信が無いからこその慎重さのようなので、どんな条件をつけても一騎打ちには応じないと思われます」

そんな私の考えにクラウスがそう返してきて……少し考え込んでから言葉を返す。

「なら、まず先に猛将の砦の方を一騎打ちで落とすか、応じて貰えないようなら力攻めで落とすかして、それから全員でもう一つの砦を囲むとしよう。

自信が無くて慎重というのなら、互いに犠牲を出しての決戦は望まないはず……少し脅せば降伏してくれるかもしれない。

……夜に皆で声を上げて砦の中の人間を寝かさないとか、見える位置で攻城兵器を組み立てるとか……そんな風に色々やってみて、それでも駄目なようなら仕方ない、そっちも力攻めで行くとしよう」

するとまずクラウスが頷いてくれて……ジョー、ロルカ、リヤンも頷いてくれて……ずっと黙って話を聞いていた集落の長も、なんだか投げやり気味にではあるが頷いてくれる。

話はまとまった、ならば後は行動だとなって……捕縛した兵士の見張りと、制圧した陣地の解体をしてくれるというジョー、ロルカ、リヤンに100人ずつの兵士を預けてから、私とクラウスで残り500人の兵士を率いて猛将と呼ばれる男がいるという砦へと向かう。

そこにあるという砦は切り出した石で造られたもので……モンスターと戦うことを意識してか、城壁の上には大きな弩《いしゆみ》なんかも備えられているらしい。

そしてそれらはモンスターがやってくる北側へと向けられていて……私達が向かっているのは砦の南側となる。

もし私達を迎撃するためにと弩が南側に移動してしまっていると厄介なことになるのだが……集

落の北、緩やかな坂を上った先に見えてきた砦の様子を見る限り、移動とかは特にされていないようだ。

それどころか見張りもいないようで、私達を迎撃するための準備らしい準備もされていないようで……私達が迫っていることに、あの集落に入ったことに気付いていないのだろうか？

……まぁ、敵がこちらに気付いていようがいまいがやることは変わらないかと、砦から見て南、矢が届かないだろう距離に布陣した私は早速一騎打ちの旨を羊皮紙にしたため……自分で届けようとした所でクラウスに制止され、私の代わりにとクラウスが使者の証である槍旗を掲げながら砦へと届けに行ってくれる。

もしそれでクラウスが攻撃されるようなら即開戦、クラウスを助けるためにも力攻めでの攻撃となる訳だが……そういうことにはならず、羊皮紙は問題なく砦の兵士の手に渡る。

それからしばらくして、羊皮紙を受け取った兵士が返信の手紙を持ってきてクラウスに渡し……それを手にクラウスが戻ってくる。

「危険な真似をさせることになってすまなかったな」

無事に戻ってきてくれたクラウスに私がそう声をかけると……クラウスは笑顔で「このくらい何でもありません」とそう言ってくれて……持ってきた手紙を手渡してくれる。

早速確認だと手紙を開いて中を確認すると……そこには、

『更にもう一つこちらが出す条件を飲むのであれば、一騎打ちを受けてやらんでもない』

と、いうことがかなり回りくどい文章で書かれていた。

その条件とは私が負けた場合には、私が持っている戦斧も寄越せというもので……何とも読みにくい汚い字をどうにか解読した私は、なんだそんなことかと拍子抜けしたような気分になりながら、条件を受けるとの意思を示すために、戦斧を持ち上げて砦から見えるように大きく振り回し……了承の意を示す円を描く。

すると砦内で動きがあり……少しの時が経ってから門が開かれ、馬上の大男と重装備の兵士達が姿を見せて……堂々とした態度で私達と相対するように横一列に布陣する。

「ふん……砦を出た所で、数に任せて奇襲を仕掛けてくるかと警戒していたが、蛮族でもその程度の礼儀は弁《わきま》えているのだな！」

布陣し終えるなり一人だけで前に進み出てきて……そんなことを言ってくる大男。

それに応じる為に戦斧を手に前へと進んだ私は、何と言ったものかなと悩んでから……こういう時に何と言ったら良いのかよく分からなかったので、とりあえず「ああ！」とだけ返す。

すると大男は馬の背から降りて……馬の鞍に引っ掛けていた大剣を手に取り、大鞘からゆっくりと引き抜き始める。

どういう意図の飾りなのか、馬のたてがみのような物と牛を思わせる角を構えた、顔全体を覆う鉄兜を被っていて、全身を覆う鉄鎧も似たような意匠となっている。

特に目立つのが両肩から生えている大きな棘……まさかあの棘で敵を突き刺すつもりなのだろう

か？

禍々《まがまが》しいというか面白愉快というか……そんな鉄鎧の肩には大きな赤いマントが貼り付けられていて……それが風を受けてばさばさと揺れていて、何とも邪魔くさそうだ。

まさかそのマントをつけたまま一騎打ちするつもりなのだろうかと私が訝しがっていると……大男は大剣を抜き放つと同時にそれを振り上げながらこちらへと突っ込んできて、その勢いのままに大剣を叩きつけてくる。

奇襲がどうのと言っていた男がまさか奇襲を仕掛けてくるとは驚きながら、体を捻ってそれを回避した私は、一旦距離を取って体勢を立て直そうと、特に狙いもつけず力任せに戦斧を横薙ぎに振るう。

するとそれがたまたま、戦斧の獅子の顔のような意匠の部分を叩きつけるような形で大男の横腹にぶち当たる。

「ぐおおおおお!?」

その一撃を受けた男は、そんな声を上げながら吹っ飛んで、ゴロンゴロンと地面を転がり……そのままぐったりと倒れ伏す。

「……え？」

それを見て私は思わずそんな声を上げる。

男は倒れ伏したまま動かず、辺りはしんと静まり返り……敵も味方も誰も声を上げない。

まさかこれで終わりということは無いだろうと、戦斧を構えて警戒しながら男に近づくが……男は全く動きを見せない。

倒れ伏す男の側にしゃがみ込み、肩に触れて揺らしてみても……全く反応が返ってこず、仕方なしに兜に手をかけて、ゆっくりと脱がしてみると……白目を剝《む》いたいかにも中年男といった感じの顔が現れて……その様子を見るに、どうやら気を失ってしまっているようだ。

……そうして私と猛将と呼ばれる男の一騎打ちは、なんとも肩透かしな、まさか過ぎる形で決着するのだった。

猛将の気絶という形で一騎打ちが決着してしまい……それを受けて北の一つ目の砦は陥落となった。

砦を出た状態で頭目を失ってしまい……兵士達は砦内に逃げ込むという判断も出来ず、周囲を囲おうとする私達に抗戦することも出来ず、もともと数に差があったこともあって降伏する以外に道が無かったのだろう。

降伏を受けて私達は早速砦内へと踏み込み……何処かに兵士が隠れたりしていないかの確認を入念にし、武器や食料がしまってある倉庫をしっかりと確保し、そうした上で降伏した兵士達を縛り上げていった。

武器と防具を取り上げた上で縛り上げ……ついでに気絶した猛将も身じろぎ一つ出来ない程に縛り上げ。

そうやって捕虜達をぐるぐる巻きにしていると……なんとも驚いたことにもう一つの砦から槍旗を掲げた使者がやってきた。

その使者はこちらの砦の様子を部下に見張らせていたという、もう一つの砦の主、智将からの手紙を持っていて……早速その手紙を読んでみると、大体こんなことが書かれていた。

『こちらの砦を明け渡します。

そちらの砦を半日も経たずに落とすようなのとやり合うなんて冗談じゃないです。

数もそちらの方が圧倒的なまでに多いですし……小生は勝ち目のない戦いはしない主義です。

そちらが出す条件を出来るだけ飲みますし、一切の抵抗も邪魔もしませんので、どうかどうかご厚情を頂きたい』

そんな内容の手紙を受けて私は……この望外の機会を逃してはならないと、出来るだけ丁寧に、出来るだけ綺麗な文法でもって降伏の条件を知らせる返事を書いた。

その手紙の中で出した条件は以下の通りだ。
・武器、防具、食料は全て砦内に置いていくこと。
・砦から退去した後は、一切の寄り道をせずに東の大砦へ向かうこと。
・ついでに他の砦で捕まえた捕虜を引き渡すので、大砦まで連れていくこと。

・もし仮になんらかの武器を隠し持っていたり、大砦以外の場所……集落などに向かおうとしたりした場合は、こちらへの攻撃、あるいは略奪が目的であると判断し、容赦なく攻撃を加える。

これらの条件を書いた手紙を使者へと渡し、無事にもう一つの砦へと帰れるようにクラウスと一緒に途中まで送り、そしてその別れ際にこんな会話……というか演技をクラウスと演じる。

「いやー、どの砦も騎兵がいないようで良かった良かった、私達は騎兵との戦いは苦手だからなー」

「そーですねー、一度もやりあったことはないですし、騎兵を見たら逃げてばっかりでしたからねー」

使者がそれを智将に伝えてくれるかは分からないが、ジュウハにやれと言われている以上はしっかりとやっておかないとな……。

ついでに縛り上げた捕虜達の前でも同じような演技をしておき……そんな小細工をしながら、今まで捕まえてきた捕虜達を一箇所に……奪取したばかりの北の砦へと集めておく。

……そうやって捕虜の移動や、砦内の掃除や、武器防具、食料の移送などをしているうちに夕方となって。

また智将からの手紙が届き、それには条件を全て飲むとの返事が書かれていて……私達は念の為にと武装し、集めた捕虜達を囲う形の陣形を作った上で……もう一つの砦の方へと進軍していった。

すると細面の整えられた口ひげを構えた、いかにも智将という呼び名が似合う風情の男が、非武装の兵士達と共に砦の前で待機していて……約束通りに捕虜を渡し、同時に何十人かの兵士達を砦内へと送り込む。

もしかしたら砦内に何か罠があるかも？　解放された捕虜達と共にこちらに襲いかかってくるかも？　と、警戒をしていたのだが……そんな様子は一切なく、砦はあっという間に制圧され、その様子を見た智将は捕虜を引き取るなり駆け出し……大砦があるらしい方へと一目散に逃げていく。

引き際が良いというか、なんというか……。

まぁ、命さえあれば再度砦を取り戻そうとするなり、智将と呼ばれる程の賢さで策を練るなり出来るのだろうし……無駄な抵抗よりも無事に逃げ延びての再起を図った、というところだろうか。

こちらとしては砦を労すること無く落とせてありがたいというかなんというか……少しだけ肩透かしを食らったような気分になってしまう。

「……まぁ、東の大砦が本番……。

そこで猛将も智将も本領発揮、その腕と知恵を振るうことになる、という訳かな」

凄まじい勢いで逃げていく智将達を見送りながらそう言ってから……踵《きびす》を返し、皆の方へと視線をやる。

そうしたなら大きく息を吸い……砦内で頑張ってくれている皆にも聞こえるよう、大きな声を上げる。

「武器と防具と食料を集落まで運んだら、戦勝祝の宴といこう！

連中が砦にたっぷり溜め込んでくれていたおかげで食料は余る程ある！　今日は腹が裂けるまで食べて良いぞ!!」

すると皆は笑顔になって拳を握って振り上げて、わぁっと大歓声を上げてから、喜び合うのは後にして、さっさと仕事を片付けるぞと砦内へと殺到する。

殺到し、物凄い勢いで武器や防具、食料を運び出し……手が余った者は、砦の解体にまで手を出し始める。

そこら辺は明日からじっくりとやっていくつもりだったのだが……まぁ、好きにやらせておくことにして……私はクラウスと誰を砦の見張りに残すかの相談を始める。

時間が経ったら交代させて皆が宴を楽しめるようにするつもりだが……それでも見張りを頼めば良い顔はしないはずで……さて、誰なら問題なくやってくれるだろうかと話し合っていると……いつの間に側までやってきていたのか、その顎をぐいと突き出しながらジュウハが話し合いに割り込んでくる。

「見張りならオレ様達に任せておきな。

お前達がオレの想定以上に早く砦を落としてくれたおかげで、こっちにも少しの余裕が出来た。

一晩の見張りくらいはこっちで請け負ってやるよ。

見張りついでにこっちでも宴をやるつもりだから……こっちにもいくらかの食料を融通してくれりゃぁそれで良い」

割り込んでくるなりそんなことを言ってくるジュウハに対し私は、ジュウハがこうやって突然現れるのはいつものことだと、驚くこともなく慣れきった態度で言葉を返す。

「そうか、なら頼むよ。そっちの策の方は順調なのか?」

「策の仕込みはこれからだ、これから。今はまだ情報収集とその裏取りの段階だな。

情報ってのはただ集めるだけじゃぁなくて、それが事実なのかしっかりと確かめる必要があるからな……策の仕込み、仕掛けを打つのはそれからの話だ。

……だがまぁ、とりあえず今の段階でもそれなりの確認が出来たからな、その上での指示をいくつか出しておくぞ。

集落の東にある麦畑、その更に東の辺りに、縦長の……北から南に大きく広がる陣地を構築しろ、土を出来るだけ高く……最低でもお前の背丈の半分程の高さに盛り上げ、盛り上げた土を踏み固め、そこを土台としての陣地だ。

必要な資材は敵の砦を解体したものでまかなえ、資材が余るようだったら集落に譲ったり商人に売ったりしても良いが、出来るだけ陣地に使うようにして強固な仕上がりにしろよ。

それと大長槍を人数分拵《こしら》えておけ、普通の長槍よりも長い、対騎兵用の大長槍だ。

そこら辺のことはクラウスが詳しいだろうから、クラウスの指示に従うようにしろ」

その言葉に私とクラウスが何も言わずに頷くと、ジュウハは満足げな笑顔で頷き……その顎をくいと撫でて真顔になり、その声色を真剣なものへと変えてから言葉を続けてくる。

「……オレ様が仕入れた情報から推察するに帝国の本隊である重装騎兵隊が反乱の鎮圧から戻ってくるのは一ヶ月後だ。それまではディアスが追い払った連中は大砦にこもったまま、何もしてこねぇだろう。

一ヶ月、そう、たったの一ヶ月だ。見張りとか警戒だとかに余計な人員を割かずに全員で、全力で陣地の構築に当たれよ、一ヶ月後に本隊がやってきたってのに陣地が未完成でした、なんてのは許さんからな。

食料も一ヶ月分必要だってことを考えて消費するようにしろよ……略奪をしねぇと決めたのは誰でもないお前なんだからな」

それに対し私がしっかりと、力強く頷くとジュウハはもう一度満足げな笑顔を浮かべて……ジュウハを追いかけてこちらにやってきた仲間達の方へと足を進める。

そうやって仲間達の前に立ったなら、北と南の砦が陥落したことと、その見張りをする必要があることを伝えてから、

「見張りついでに奪取したばかりの砦で大宴会だ！」

と、両手を振り上げての吠え声を上げる。

そうやって場を盛り上げに盛り上げてから、大股でのっしのっしと砦の中へと足を進めるジュウハ。

そんな様子を見て私達は、後のことはジュウハに任せておけば大丈夫だろうと頷き、砦内で解体

作業を進めていた者達に声をかけ……もう一つの砦に残しておいた者達にも声をかけ、集落近くの野営地へと帰還する。

すると砦を落としたとの報《しら》せを聞いていたのだろう……長や集落の者達が、無数の篝火を焚《た》いて、砦内にあったいくつもの大鍋を使って、酒樽を並べての宴の準備をしてくれていた。

幸せそうな満面の笑みを浮かべて、楽しそうに歌を歌いながら、なんとも美味しそうな匂いを周囲に漂わせながら。

その何とも言えない楽しげな雰囲気を目にした私達は……自分達もさっさと荷物と装備を片付けて、宴の準備を手伝うぞと……笑顔で駆け出すのだった。


宴会が終わって、奪取した砦の解体が本格化して……同時にジュウハが言っていた陣地構築が始まって……特に何事もなく一週間が過ぎた。

志願兵の皆は元々、石工や大工や農民であり……ここら辺の作業は大得意というかお手の物で、特に問題もなく順調過ぎる程順調に作業は進んでいる。

食料はたっぷりあって、戦闘をする必要もなくて、集落の皆とも上手くやれていて……。

この辺りはよく雨が降る水が豊富な地域なのだそうで、水の事を気にすることなく服を洗ったり装備を洗ったり体を洗ったり出来るのもありがたかった。

よく働き、よく食べて、毎日を清潔に過ごす事ができて……陣地が完成するまでの時間は、皆にとってちょうど良い休暇となってくれそうだ。

……と、そんなことを考えながら、陣地の予定地である盛土がある程度出来上がった一帯を歩いていると、元大工のジョーが、声を上げながらこちらに駆けてくる。

「ディアスさーん！　またです！　また集落の若者が手伝いたいってやってきました！」

「またか……集落の仕事をしっかりとやった上で手伝ってくれるなら歓迎すると言ってやってくれ！」

私がそう返すとジョーは、足を止めながら頷き、踵を返して彼らがいるらしい方向へと駆け戻っていく。

人数はそれ程多くないが、最近毎日のように集落の若者達が陣地作りを手伝ってくれていて……その頻度が多すぎて、集落の仕事は大丈夫なのかと心配になってくる。

石工から石の切り方を学んだり、大工から木材の組み方を学んだり、鍛冶職から鍛冶の仕方を学んだりと、色々得るものがあってのことらしいが……それで畑仕事が疎《おろそ》かになったりしては元も子もない。

中には北の方で何かをやっているらしいジュウハのところに合流している若者もいるようで……まったく、何をやっているのだろうなぁ。

過日、東の大砦で——ある将軍

(ああ、まったく……この地獄のような日々はいつまで続くのか……。

今日でもう一週間……反乱鎮圧に向かった重装騎兵が帰ってくるまで、早くとも後三週間、か……)


そんなことを胸中で呟くのは、薄くなり始めた黒髪を香油できっちりと固めた細面の男だった。

常在戦場の心構えで上等な作りの鉄鎧を身に纏い、すぐ側にはいつでも被れるようにした鉄兜を置いて……腰には実用性を重視した作りの鉄剣が下げられている。

石造りの砦の一室……小さな窓がある以外は石まみれの執務室で、そんな格好の男は質素な作りの執務机に向かいながら……これまた質素な作りの椅子をギシリと鳴らす。

(周囲の砦全てが落とされたのは、まぁ良い……この砦さえ残っていればそれで構わない。

ろくな訓練をしていない数だけの兵がこれでもかと逃げ込んできたのも……戦力が増えたと、捨て駒が増えたと思えばそこまで悪いことではない。

だがあの二人が……あの猛将と智将を自称するあの二人が！　命を落とすことなく落ち延びてき

たのは、全くもって悲劇としか言いようが無いぞ!!)

猛将と智将、家の格とちょっとした功績だけでその地位に付いた男達。

そんな二人は確かな実力と実績でもってここまでのし上がってきた男にとっては、天敵であり相容れぬ存在であり……だというのに帝国の法は、男とその二人を同格の将であると定めていた。

同格である以上は蔑ろに出来ず、排除する事も出来ず……命令することも出来ず。

今後のこと全てを『話し合って』決める必要がある。

この大砦を陛下から預かったのは自分であるはずなのに、連中は砦を失った敗将であるはずなのに、それでも連中の意見を聞いた上で、尊重した上で、今後の方針を決めなければならないと何よりも遵守しなければならない帝国の……皇帝陛下の法が定めているのだ。

猛将は卑怯な手で誇りある一騎打ちを汚したディアスへの復讐をさせろと、今すぐに全軍での突撃をと叫び散らし。

智将は自らが考えた策を講じるべきだと……回りくどすぎて効果があるかも分からない策を実行すべきだと声を上げ続け。

自らがおかした失態は自らの手でと、そんな考えでもってこちらの意見を頑として聞かない。

相手は歩兵……それもまともな訓練をしていない志願兵ばかり。

……そんな連中、騎兵でもって蹴散らせば良いだけの話だろう。

数が減ったとはいえ……反乱の鎮圧でいくらか減るだろうとはいえ、この砦に所属している重装騎兵は全部で２０００騎。

その半分でも帰還してくれたなら、一回の突撃で敵兵全てを蹴散らす事ができるというのに……。

……だが重装騎兵はその全てがこの男の手勢だ。

そんなことをされてしまっては、猛将の手柄にならず、智将の手柄にならず……砦失陥の汚名を雪《そそ》ぐ事ができない。

そういった理由で猛将と智将はこの一週間、騒ぎに騒ぎ、暴れに暴れ……男の邪魔をし続けていた。

（いっそのこと殺してしまった方が良いのかもしれない。

このままあの二人を生かしておいても帝国にとっては害になるばかり……何の益もないだろう。

この砦内でやる分には、隠蔽はいくらでも可能だ。

小砦が落とされたことに合わせて戦死したとでも報告を出せば、余計な詮索を受けることもないだろう……）

今の砦内の空気は最悪だ。元々いた兵と敗残の兵とが決して多くは無い食料のことを不安に思って、毎日のように喧嘩や罵り合いといった衝突を繰り返している。

その統制をしなければ、場合によっては何人かの兵を処罰しなければならないというのに、あの二人がそれをさせてくれない。

砦を維持するためにも、敵軍を排除するためにもあの二人の存在は明らかなまでに……どうしようもない程に不要なのだ。

男がそう心に決めた所で……騒がしく聞き苦しい、二人の男の口論の声が廊下の向こうからこの執務室へと近づいてくる。

連中は今日もやる気なのだ、あの不毛な議論を。

自らの身に降り掛かった責任から逃れるための議論を……帝国のためでも勝利のためでもない、ただ己の保身の為の議論を繰り返す気なのだ。

その様子がまた男の決意を固いものとしてくれて……そうして男は二人の男を、猛将と智将を自称する男達を出迎えるために、ゆっくりと立ち上がるのだった。

過日、完成まで後少しとなった陣地で――ディアス

ジュウハに言われた通りの高さの盛土を終えて、皆でその上を行進して踏み固めて、しっかりと形を整えた上で、解体した砦の資材を運び……運んだ資材をそれなりの悪くない形に積み上げ、組み上げ。

そうやってどうにか、騎兵の突撃を受けても大丈夫なのではないかという所まで作業を進めて……作業を始めてから大体二週間が過ぎたある日のこと。

……陣地の向こう側の何もない荒野に、しばらくの間姿を見せていなかったジュウハ達が姿を見せる。

ジュウハ達は何やら地面を掘り返しながら南下しているようで……こちらを見もせずに一心不乱に地面を掘り返している。

「……あぁー、なるほど。そういうことですか……。ジュウハさんは何処かで水源を見つけて、そこからここまで川を引いてくるつもりなんですよ」

私の隣でその光景を見ていたクラウスがそう声を上げてきて……私は首を傾げながら言葉を返す。

「川？　川なんて引いて一体何をするつもりなんだ？」

「川を引いて水を引いて……あの一帯をぬかるませるつもりなんでしょう。地面がぬかるんでしまえば騎兵はその機動力を失いますし……特に重装騎兵は突進力が上手く乗らないと本来の威力を発揮できませんからね」

「ああ、なるほどな……。

そうやって動きが鈍くなった所を、用意しろと言っていた大槍で突くという訳か。大槍でついて落馬させて……それなら確かに勝てるかもしれないな」

私がそう言うと、クラウスは笑顔で頷き……陣地の仕上げに入っていた皆に檄《げき》を飛ばす。

その様子を見やり……それからジュウハ達の様子を見やった私は、しかしぬかるませた一帯を避けられたらというか、迂回されたらどうするつもりなのだろうか？　と、首を傾げる。

北から南に、かなりの大きさの陣地となってはいるが……騎兵の機動力ならば迂回することも十分に可能で……そのまま集落に襲いかかることも出来てしまう。

もし仮にそうなってしまったら全ての準備が徒労に終わってしまう訳だが……ジュウハは一体全体、そこら辺のことをどうするつもりなのだろうか？

そんなことを思ってあれこれと考えて、たっぷりと頭を悩ませた私は……まぁ、ジュウハなら全て上手くやってくれるのだろうと考えるのを止めて、踵を返す。

休憩は終わりだ、迂回がどうの以前にこの陣地が出来上がらないことには話にならないのだからと、考えるよりも何倍も何十倍も得意な力仕事を再開させるのだった。

過日、暗闇の中で――――ジュウハ

ある夜のこと、ある場所で二人の男の声が響いていた。

その一人はジュウハで、もう一人は帝国兵に支給される鎧を身につけた男で……鎧の男はジュウハに何かを報告しているようだ。

「――――」

「へぇ、なるほどなぁ……。

そこまで都合良く事が運んでくれるってのは全く予想外だったな。その上まさかのまさかの殺し合いが起きて、よりにもよってな奴が生き残るとはなぁ……。

おかげで楽は出来そうだが全く……どうしてこう世の中ってのは読み通りにならねぇのかねぇ？」

「――――」

「……いや、これ以上は逃げ時を失いかねん。

逃げて何処かに潜んで……ことが終わった頃に顔を出せばその後のことはオレが世話をしてやる

よ。十分な仕事をしてくれたからな金でも家でも畑でも、望むものを用意してやるさ」

「――――」

「……無謀な馬鹿の無謀な命令で命を落とすなんてのはお前もごめんだろう。戦場で顔を合わせたなら容赦はできねぇしな……このまま逃げるか、一旦砦に戻って準備をしてから逃げるかはお前の好きだが……手遅れにならないようにな」

黒いマントに身を包んだジュウハがそう言うと、ジュウハと会話をしていた男はどうしたものかと逡巡しながら息を呑む。

まさか事態がそこまで迫っているとは、命を失うかどうかの決断をここで迫られるとは思ってもいなかったのだろう。

悩みに悩んで、ジュウハと後方に見える砦を交互に何度も見やって、そうすることでどうにか決断することが出来た男は、つい先程まで自らの住居であり仕事場であった砦に背を向けて駆け出し……暗闇の中へと姿を消す。

そんな男の後ろ姿を見送ったジュウハは満足そうに頷き、小さな笑みを見せてから……いくつもの篝火をかかげ、その大きさと頑強さを周囲に見せつけている大砦を見やる。

篝火の数は多くとも見張りの数は少なく……その中からは戦の前祝いとばかりに宴でもしているのか、なんとも騒がしく楽しげな声が響いてきていて……そんな大砦をしばしの間見つめていたジユウハは、やれやれと頭を振ってから小さなため息を吐き出し、その場を後にするのだった。

過日、ある日の昼過ぎ、完成した陣地で――ディアス

一週間が経ち、ジュウハが仕上げろと言っていた一ヶ月となって……陣地はなんとか、それなりの形になっていた。

敵の砦から拝借した石材を積み上げて、その上に木材を組み上げて壁とし……槍を突き出すための穴というか隙間もしっかりと作り、いくつかの櫓も組み立てた。

城壁……とまでは言えないが、その一歩手前というか、数歩手前の強度は確保出来ていて……恐らくは騎兵が相手でもなんとか持ちこたえてくれることだろう。

正面でのぶつかり合いを避けて回り込まれた時のことを考慮して、陣地全体を囲うようにも壁を作っておいたが……石材を使っていたり櫓が立っていたりするのは陣地正面のみとなっていて、その他の部分の強度は心もとないものとなっている。

そもそもとして陣地を迂回し、背後にある集落に襲いかかられたりしたら、助けに行く必要があり、その時点でこの陣地の意味がなくなってしまうのだが……それでもまぁ念の為というやつだ。

……今朝方届いたジュウハからの連絡によると、敵の重装騎兵は既に大砦に入っているらしく

……何日か休んで遠征の疲れを癒やしたなら、こちらに襲いかかってくるだろうとのことだ。

ジュウハの調べによると、騎兵の数は約１４００騎、それと大砦の中には歩兵が８００程いるそうで……私達は８００でそれを迎え撃つことになっている。

そう、８００だ。

ジュウハが連れていった４００人は未《いま》だに何かの仕事をしているらしく、帰還してきていない。

集落の若者達が手伝ってくれているとはいえ……彼らを戦力として数える訳にはいかず、８００が私達の全戦力となる。

たったの８００でそれだけの数の相手を出来るのかという不安もあったが……ジュウハが色々と動いてくれているようだし、陣地もしっかりと作り上げたし……後はもう皆の力を信じてやるだけやるしかないという気持ちもあり……クラウスを始めとした皆も同じ想いなのか、誰もが明るい表情をしていて意欲に溢れていて……陣地の中は戦争中とは思えない程の活気に満ちていた。

商人達が気を利かせてたくさんの季節の果物や、質のいい小麦粉を仕入れてくれたのも良かったのだろう、士気の面での不安は一切無さそうだ――と、そんなことを考えていると、櫓の上で見張りをしてくれていた者達から大きな声が上がる。

「敵襲ー！　敵襲ー！」

「歩兵が前、後ろに騎兵！　数は多いです！」

「恐らくはジュウハさんが知らせてくれた戦力全部です！」

その声を受けて私達はすぐさまに行動を開始する。

鎧を身につけていなかった者は鎧を身につけ、集落の者達や商人達を避難させ、武器を腰に下げ背中に背負い、この日のためにと作っておいた大槍を両手で構え。

そうやって準備を整えたなら、縦長の陣地に合わせて大きく……一列になって広がり、いつ騎兵の突撃が来てもいいように、大槍をしっかりと構える。

「……え!? ほ、歩兵です、まず歩兵が前に出てきました！」

「騎兵は歩兵の後ろをゆっくり歩いていて……あ、待機するつもりなのか動きを止めました！」

「あ……！ あの派手な鎧！ 以前ディアスさんとやりあった、あの変な野郎の姿が見えます！ ほら、肩にトゲのある、変な鎧の!!」

私達が構えていると、櫓から更にそんな声が上がってきて……私はそれらの声に負けないように、大きな声を張り上げる。

「相手が歩兵だろうが、騎兵だろうがやることは変わらない！ この陣地を活かしてこの大槍でもって敵を貫くのみだ！

怯まず恐れず、とにかく突いて突いて突きまくれ！

敵が何か仕掛けてきたとしても動揺するな！ その時はジュウハ達がなんとかしてくれるはずだ!!」

陣地は広く、いくら声を張り上げたとしても、その隅々まで届かせることは出来ない。

だがそれでも皆が……仲間達が懸命に私の言葉を口にし、繰り返し、皆に伝えてくれて……それに応える雄叫びがあちこちから響いてくる。

そうして意を決した私達は……迫ってくる敵兵に向けて大槍を突き出すのだった。

過日、帝国軍中央————猛将を自称する男

「歩兵だ！　まずは歩兵だ！

誉れある帝国の戦いとは様式美に則ったものでなくてはいかん!!　まずは歩兵でぶつかり合い、その後に疲弊した敵兵を常勝の騎兵でもって叩き潰す!!

これ以外に道はない！　細かいことは良いからとにかく歩兵を前進させろぉ!!」

馬上にてそう叫んだ男は手にした剣を力任せに振り回す。

「策がどうのだの、被害を少なくだの、そんなことを考えるから奴らのように気を病んで頭がおかしくなるのだ！

力強く雄々しく帝国の威を示せばそれで良い！　それで叛徒《はんと》も忌敵も膝を屈するだろう!!

あんなにわか作りの陣地が何だというのだ！　正々堂々と正面からぶつかれぇ！　ぶつかって叩

き潰せぇ!!　それでこそ帝国の兵として誇れるというものだぁ!!」

そうすることが……そう出来ることが余程に嬉しいのだろう、男の勢いは留まることを知らない。

陛下から大砦を預かった身でありながら、何を思ったかいきなり斬りかかってきた馬鹿者を斬り捨てて……丁度良いからと智将を名乗る野郎も斬り捨てて、今やこの場を仕切れる身分にあるのは自らのみ。

誰も自らの邪魔をしない、誰も自らの言葉に逆らわない。

その上、敵を砕く機会に恵まれて……それを成せば大きな手柄を得ることができる……!

あの馬鹿者共を殺した騒動のせいで、何人かの脱走兵が出てしまったが……それでも数はこちらが上で、平地での戦いであれば数が多い方が勝つのが道理、歩兵だけの軍が騎兵に勝てないのもまた道理で……こちらの勝利は戦いが始まる前から決している。

今までは運の巡りが悪く苦渋を舐めてきたが……これからは違う、これからは我が世の春が始まるのだと、男はひたすらに声を張り上げ続け、手にした剣を振り回し続ける。

前進した歩兵が敵の陣地へと到着し、戦の音が響いてきて……雄叫びや悲鳴や、何かも分からぬ声が響いてきて……そんな中で存分なまでに声を張り上げ続け、剣を振り回し続け、心地よい疲労感を味わった男が、これが戦かと恍惚としていると……前線から駆け戻ってきたらしい兵達が報告の声を上げる。

「て、敵の士気高く、攻勢激しく、未だ陣地を突破できません！」

「一帯がぬかるんでいるとの報告があり、重装騎兵長から騎兵運用は避けるべしとの意見が届きました！」

「敵は大槍をいくつも用意しているようで、こちらの決め手が騎兵であることを見抜いている様子です！」

それらの報告を受けてピタリと動きを止めた男は……報告をしてきた兵達のことをジロリと睨む。

皇帝陛下と法がその地位に定めた将軍であり……ある日突然、同格の将軍二人を殺した男であり……自分達の命運を握っている指揮官でもあり。

そんな男に命を預けることに……劣勢の報告をすることに不安を感じる兵達が身を竦ませ、怯えきっていると……男は笑みを浮かべて、一言、

「報告、ご苦労!!」

との、労いの言葉を口にする。

その意外な言葉を受けて安堵した兵達がホッと息を吐いていると……男は大きく息を吸い、がっしりと拳を握り、握った拳をガシリとぶつけ合わせてから両手を大きく振り上げて、周囲一帯に響き渡る程の大声を上げる。

「歩兵を下げろぉぉ！　歩兵が下がったなら騎兵を前に出せぇぇ!!

騎兵の突撃が決まったら、下がった歩兵と共に俺達も突撃だぁぁ！

一帯がぬかるんでいようが、騎兵対策がされていようが、それでも騎兵が勝つのが戦場の道理

よ！

これまで何十……いや、何百年もの間、帝国はそうやって戦に勝利してきたのだ!!

たとえ勢いが乗らなくとも駆けることが出来なくとも、騎兵の頑強さは、その馬足による踏み荒らしは、馬上からの槍の刺突は、歩兵を粉々に砕くが道理!!

道理を無視して戦いを避けようとする臆病者は、皇帝陛下の意に逆らう反逆の徒として、その一族郎党に至るまで罰せられると知れぇ！！！」

その声を受けて、報告に来ていた兵達と、周囲にいた兵達は慌ただしく動き始める。

男のこれまでのやり方には、他の将を殺してしまったということには思う所があったが、その言葉は紛れもない真実であり……それこそが帝国の戦争の歴史であり、数で勝り、騎兵まで有する自分達が練度も士気も低いらしい敵兵に負けるとはとても思えない。

であれば男に従うべきだろうと……兵達も、重装騎兵長も……歴戦の重装騎士達も戦いのための動きを見せ始める。

そうして夕日が沈み始めた頃……ぬかるんだ荒野の戦場に、無数の馬達のいななきと馬蹄音が響き渡るのだった。


過日、陣地にて大槍を構えながら――――ディアス

馬達が嘶《いなな》き、激しい馬蹄の音が鳴り響き、凄まじい勢いでもってこちらへと突撃してくる……が、ぬかるみに到達するや否や馬達の足がぬかるみへと深く沈み、その勢いが足を進める度に奪われていく。

馬の体重はとても重く、更にその上に人が乗っていて、挙げ句の果てに馬も人も重装備をしていて……どうにかこうにかぬかるみの上を歩けていた歩兵とは比べ物にならない重さを支える馬の足は、ぬかるみの奥深くまで沈み込んでいるようだ。

そうやって勢いを失いながらも、ぬかるみの中でもがきながらも騎兵達はこちらにじわじわと近づいてきていて……その凄まじい光景を前にした私は改めて馬の力強さを思い知る。

「今だ、突けー!!」

そんな騎兵達が陣地の前までやってきた所で私がそう声を上げると、クラウスやジョー、ロルカやリヤンが復唱をし、味方全員にその指示が行き渡り、陣地の柵の隙間から何百本もの大槍が突き出される。

簡単な作りのこの大槍ではその重装備を貫くことは難しいかもしれないが、それでも関節部の隙間を狙うことは出来る、あるいは馬上から突き落とすことは出来る。

「何度も何度も突きまくれー！！！」

そう声を上げて、何度も何度も大槍を突き出して……その直撃を受けた騎兵達は次々に落馬し、ぬかるみの上へと倒れ伏す。

落馬の衝撃とその装備の重さとぬかるみの深さと、それと戦場という状況とで、すぐに立ち直ることは不可能で、馬に乗り直すことなど尚のこと不可能で、落馬した時点でそいつは戦闘不能とみなし、次の騎兵へと槍を突き出す。

「帝国騎兵を舐めるなぁー!!」

そんな中で、何騎かの騎兵達がぬかるみを脱し、高台を無理矢理に駆け上がり、柵に取り付き、そんな声を上げながら手にした突撃槍や直剣を振るってきて……馬達までがその前足でもって私達の陣地を踏み壊そうとしてくる。

馬上という高所からの攻撃と、馬達の圧倒的なまでの破壊力は凄まじいもので……もしそれに突撃力が乗っていたら、私達はあっさりと負けてしまっていただろう。

こんな柵など簡単に壊せただろうし、石壁も簡単に飛び越えられただろうし、そんなのが数千という数で襲ってきたなら……こんな陣地など、私達など一溜まりも無かったに違いない。

「怯むなー!!　柵に取り付いた奴らに狙いを集中させるんだー!!」

敵味方の怒号が響き渡る中でクラウスがそう声を上げて……騎兵の凄まじさに怯んで数歩下がってしまっていた皆が、どうにかその場で踏みとどまり、手にしている大槍を突き出す。

そうやって騎兵達をどんどんと落馬させていって……そうすることでどうにか陣地を維持してい

ると、騎兵達の背後から一度下がった歩兵達が突撃を仕掛けてくる。

その後方には馬に乗ったトゲ鎧のあの男もいて……指揮官含めての全軍突撃を仕掛けてきたようだ。

そうして歩兵が騎兵に合流し、敵軍の放つ圧力が圧倒的となり……陣地が壊され始め、それを防ごうと大槍をおもいっきりに突き出した私は、そうして出来た一瞬の隙で周囲を見回すがジュウハ達の姿はない。

特に何か仕掛けを打った様子もなく、敵兵の士気は高いままで……これは一つ私の方で手を打って時間を稼ぐ必要がありそうだと決断した私は、大槍から手を離し、近くの地面に突き立てておいた戦斧を手に取り……戦斧を振り回しながら前へと歩を進める。

「おおぉぉぉぉぉぉぉぉぉ!!」

戦斧を振り回すだけでなく、そんな大声まで張り上げて敵を威嚇する。

肝が座っていない者ならそれで怯むだろうし、肝が座っている者なら味方が怯むのを防ごうとするはずだしで、どちらにせよ陣地への攻勢は一旦止んでくれるはず。

そうやって出来上がった大きな隙を見切って駆け出して、壊れかけの陣地から飛び出して……敵だらけの中に飛び込んだなら何も考えずに戦斧を力任せに振り回す。

何も見ないし、何も聞かない、ただ直感に全てを任せる。

敵が迫ってきているような気がしたらそちらに戦斧を振り、何かの気配を感じたなら考えることなくそちらに戦斧を振り。

戦斧が当たっていようがいまいが構わない、周囲全てが敵だらけなのだからそのうち当たるはずだ。

嫌な予感がしたら飛び退いて、攻撃が迫っているような気がしたなら鎧か戦斧で受け止めて。

体が痛みを訴えてきても気にしない、何かが体の何処かに当たったような感触があっても気にしない。

ここは戦場で、今は戦争中なんだ、そんなことに構っている暇は無い。

考えると恐れてしまう、恐れてしまうと怯んでしまう、怯んでしまうと躊躇が生まれて攻撃出来なくなってしまう。

そうなってしまわないようにとにかく戦斧を振るって振るって、戦斧を振るう両腕と体を支える両足に力を込めて、風車が羽をそうするように戦斧を振り回し続けて……体力の限界が近づいてきたなら、そこで初めて周囲のことをよく確認する。

口を大きく開けて呼吸し、呼吸しながら目を見開き、耳にも意識を向けて音を聞いて……周囲に敵の姿はなく、力なく倒れている敵兵の姿があるばかりで、私を中心とした大穴が戦場に出来上がっていて、恐怖のためか周囲の誰一人も声を発していなくて。

そうやってなんとも言えない間が生まれ、私の荒い呼吸音だけが周囲に響く中……何か凄まじい、壊滅的な音が聞こえたような気がして、私はその音がした方を見やる。

北の方角、至って普通の景色だ、戦闘が始まる前と何も変わらない。だがどうにも嫌な予感がして、全身の肌が泡立つような感覚があって……私は一旦陣地へと駆け戻る。

私を包囲する敵影はなく、私の帰還を待ってくれていたらしい皆が、陣地の壁などを取っ払う形で私のための通り道を作ってくれていて、高く盛られた地面を駆け上がり、そこに私が駆け込むと、待っていたとばかり皆が陣地の残骸などで不要となった通り道をしっかりと塞ぐ。

そんなことが出来てしまう程に陣地はボロボロになってしまっていて、防衛能力も失われていて、これはもう陣地を捨てて逃げるか、全員で打って出るしか無さそうだと、そんなことを私が考えていると……そこで戦場に一つの異変が起こる。

「……なんだ⁉　どうしたんだ⁉」

それは敵騎兵の一人が上げた声だった。

彼がそんな声を上げた理由は彼が騎乗している馬にあり……私以上に荒く息を吐き出しているその馬は耳をピンと立ててあらぬ方向……北の方へと視線をやっている。

そしてそれは他の馬達にまで伝播していって……敵の馬全てが北を見やり、耳をぴくりぴくりと動かし……そうして突然前足を大きく振り上げ、凄まじい悲鳴のようないなきを上げたかと思ったら、前足を振り上げた勢いのまま踵を返し、手綱の指示を無視し、酷い場合には騎手を振り落としてまで、この場から逃げ出し始める。

「な、なんだ、何事だと言うのだ⁉　何故ここにきて敵前逃亡などと⁉」

トゲ鎧の男がそんな声を張り上げる中、なんとなしにジュウハが何かやらかしたのだろうと察していた私達は、構わずに手にした武器を突き出し、戦場に残った連中に攻撃を繰り返す。

私達が落馬させたのと馬が騎手を振り落としたので、敵騎兵の大体8割程が空馬となって逃げ出し、残りは騎手を乗せたまま逃げている。

そうして陣地の前には歩兵と、愛馬から振り落とされてしまったらしいトゲ鎧と、落馬した者達が残っていて……どういう理由で馬達が逃げたのかは分からないが、とにかく攻め時らしいなと私が戦斧を構え直し、陣地から飛び出そうとした所で……北の方から「カァン」と鐘の音が一度だけ響いてくる。

「まさか……今のは戦鐘か？　一度だけは……待機命令、だよな？」

戦斧を構えながら私がそう言うと……私と同じ考えで追撃を仕掛けようとしていたクラウス達はすぐ様に追撃の構えを解いて、これから起こるだろう何かに対して備え始める。

全身の肌が泡立つような嫌な予感が続いていた私も、数歩下がって柵から距離を取って……それだけでは足りないような気がして戦斧を盾のようにして前に構えていると、凄まじい地響きのような音が北から響いてくる。

先程の馬達の蹄《ひづめ》の音にも劣らない轟音。

大きな地震でも起きたのかと思う程の音の後にやってきたのは……濁流だった。

泥や石を飲み込みながら、うねりながら北から迫ってきて……陣地の前で呆然としていた敵軍をあっという間に飲み込んでいく。

勢いは凄まじいが水量はそれ程ではなく、最初は敵兵の足首程度の深さだったのだが……段々と深さが増していって、それが膝上まで到達すると、武器を地面に突き立てどうにか耐えていた敵兵達も耐えられなくなってしまい……濁流に飲み込まれ流されていく。

落馬した騎兵も、歩兵も、トゲ鎧の男も。

その場にいた全員が流されていって……私がその光景を呆然と眺めていると、誰かがぽつりと言葉を漏らす。

「ジュウハの野郎、やりやがったなぁ……」

そうしてこの戦いは、北にあったいくつかの湖を破壊するというとんでもないことをやってくれたジュウハの策……というかとんでもない破壊行為によって決着となったのだった。


敵兵は壊滅、水に流されながらもどうにか生きていた者達は私達が救助をした上で捕獲し、捕虜となった。

亡くなった者は流された先……南方にあった岩場で葬ることになり、結構な数の墓が出来上がった。

混乱の中で望まぬ逃亡をすることになった騎兵達は、一部はそのまま何処かへと逃げていって、一部は砦へとどうにか逃げ帰り……一部はジュウハが仕掛けていた罠で捕獲されたそうだ。

空馬となって逃げた馬もそのほとんどが事前に準備をしていたジュウハの手勢によって捕獲され……そして東の大砦は、ジュウハによる開城交渉という名の脅しによって、あっさりと陥落した。

軍馬や装備のほぼ全てをこちらが確保した、多くの捕虜も確保していて……そちらに勝ち目は無い。

大人しく砦を明け渡すなら、捕虜全てを引き渡してやるといった感じの内容で……僅かな居残り兵と僅かに逃げ帰った騎兵しかいない砦側としては、その条件を飲むしか無かったのだろう。

そうして敵兵達は捕虜と、いくらかの食料と共に砦を去っていって……私達はその大砦と辺り一帯の支配権を得ることになったのだった。


大砦を確保してから数日が過ぎて……もう必要ないだろうと皆による陣地の解体が始まり、その様子を見守っていると……その割れた顎を撫で回しながら、ホクホク顔となったジュウハが私の下へとやってくる。

「砦の中にはたんまりと食料が残されていて、装備もこれでもかとあって、金貨銀貨もたっぷりとあって……それでいてこちらにはほとんど被害無し。

ああ、まったく、オレ様の才の冴え渡ること神の如し、自分のことながらうっとりとしちまうなぁ。

……そういう訳で、ディアス、オレ達は当分……数ヶ月はここで待機するぞ」

その言葉を受けて私は、首を傾げながら言葉を返す。

「十分な食料と装備と金があるのに留まるのか？　この勢いのまま進軍するのではなく？」

「ああ、オレ様達は快勝続きだが、他の軍はそうじゃねぇからなぁ。

しばらくはここで待機して他の軍と足並みを揃えねぇとな……オレ達だけが突出しちまうと、他の軍を巻き込んでの目も当てられねぇことになりかねん。

十分な食料と金があるからこそ、ここらの食料を食い尽くす心配もねぇし……この戦はまだまだ続くだろうからな、たまたま降って湧いた休暇だと思ってしばらくはゆっくりするとしよう」

「そうか……数ヶ月か。ならその間に、お前がめちゃくちゃにしたらしい北の湖をなんとかしないとなぁ」

頭を掻きながら私がそう返すと、途端にジュウハは不機嫌な顔となって、その顎をぐいと突き出しながら言葉を返してくる。

「このオレ様をなめんじゃねぇよ。

治水は内政の基本、国家運営の根底と言える部分だ、それをこのオレ様が疎かにする訳ねぇだろうが。

今回の水計は後始末も再建もしっかり考慮した上での一手だ、お前がしゃしゃり出る必要なんてありゃしねぇよ」

「そうか……そうなるとその数ヶ月間が暇になってしまうな」

「暇になんかなるもんかよ！　休暇でも相応に訓練はするし、敵の動きは警戒する必要はあるし……それに金は十分にあるんだ、商人連中に踊り子や詩人を連れてこさせて、飲んで踊って歌っての大騒ぎをしねぇとならねぇ。……そういった遊びがあってこその人生だ、まさか反対はしねぇよなぁ？」

「まぁ……反対してもジュウハは勝手にやるんだろうしな、好きにしたら良い。しかしそれでも数ヶ月……数ヶ月か。

んー……人生、人生なぁ……暇な時間を使って、ここら一帯を耕してみるかなぁ」

私がただの思いつきでそう言うと……ジュウハは目を丸くしながら言葉を返してくる。

「……一体全体何がどうなって、そんな結論になったんだ？」

「いや？　ただこう、見た感じそこら中が水浸しでぬかるんでいて掘り返しやすそうだなーって思っただけなんだが……。

人生には確かに遊びも大事だが、日常を取り戻すのも大事なことだと思うし……土を耕し畑を作るという当たり前の、戦争が始まる前に皆がやっていたことをしていれば、皆の心も休まるかなーと……」

私がそう言うとジュウハは、なんとも言えない苦い顔をしながらぶつぶつと何かを呟く。

「石やゴミやらと一緒にあの辺りの養分が流れ込んだだろうし、大量の男手でもって一息に耕せば……まぁ、良い結果にはなるんだろうが、よくもまぁそれを思いつきで……」

呟き終えるなり初めて見る類の目で私を見やったジュウハは、少しの間私のことをじぃっと見てから、頭を振って大きな口を開けて……なんとも投げやりな大声を上げてくる。

「あーあー、好きにしろ、好きにしろ！　鍬を振ってりゃ体力も筋力も落ちねぇだろうし、訓練代わりにこの辺り全部耕しちまえば良い！　ただし、種まきだの収穫だのまでは出来ねぇからな！　一帯を綺麗に片付けて耕して……後のことはあの集落の連中に任せることになるぞ！」

そう言ってジュウハは砦へと帰っていって……私は陣地の解体をしていた皆へと、今の話を……数ヶ月待機すること、その間が休暇に……踊り子や詩人を呼んで遊んだり、土を耕したりして過ごす休暇になることを伝えた。

すると皆は満面の笑みとなって、解体途中の資材を放り投げてしまっての、大歓声を上げる。

休暇が嬉しいのか、遊べることが嬉しいのか、日常へと戻れることが嬉しいのかはそれぞれ違うのだろうが、笑みを浮かべていないものは一人もおらず、皆が皆歓声を上げていて……そうして味方の軍と足並みが揃うまでの五ヶ月間を……あの低地での休暇を私達は、思う存分に堪能したのだった。

吹雪の日のユルトで――ディアス

「――とまぁ、そんなことがあった訳だ」

そう言って私が懐かしい話を終えると、床に転がりながら話を聞いていたセナイとアイハンと、その側で長い耳を揺らしながら話を聞いていたエイマが、手で口元を隠しながらくすくすと笑い始める。

笑って小声で何かを話し合ってから……首を傾げる私に、エイマがそんな三人を代表して言葉を投げかけてくる。

「多分ですけれど、今のお話に出てきた低地が、噂の『黄金低地』なんだと思いますよ。ディアスさん達が耕した畑に麦が植えられて、その穂がたっぷりと実って揺れる様が黄金のように輝いて見えたんでしょうね。

昔から川を氾濫させて土を豊かにする手法は知られていますが、まさかそれを水計のついでにやっちゃうなんて横着と言いますか、何と言いますか……。

まぁ、ディアスさん達は狙ってそうした訳ではないようですし、運が良かったってことなんですかね？

そしてきっとそこで採れた麦が、その後のディアスさん達のお食事を支えてくれたんでしょうね」

すると腕を組みながらふんふんと話を聞いていたアルナーが「なるほど」と大きく頷き、会話に入り込んでくる。

「麦がそれ程までに実る光景というのは見たことがないのでよく分からないが、草原で言う所の春の若草みたいなものなのだろうな。

青く柔らかく、メーア達が喜んで食べる若草は、メーア達にとっても私達にとっても黄金よりも大切な生活の要だ。

それが荒野だった場所一面に広がったなら、黄金にたとえたくなるのも分かる気がするな」

「ですです。麦は頑張れば年二回収穫出来ますからねー……その分だけ手間もかかるし、大地に栄養をどうにかして送り込んであげなければならない訳ですが、それもきっと集落の方々が上手くやったんでしょうね。

ディアスさん達の作業を手伝って、ジュウハさん達の作業を手伝って……そこから技術と知識を学んで経験して、土木工事の達人になっちゃってたりして」

「なるほど……そういうこともあるのか。

確かに弓も馬も、達者な者の側にいたほうが上達が早いものだからな」

エイマとアルナーがそんな会話をして……くすくすと笑い続けていたセナイとアイハンも声を上げ始めて、皆の話が盛り上がり始めたところで……強い風が外で吹き、その寒さが僅かな隙間からユルトの中に入り込んでくる。

するとセナイとアイハンはアルナーの下に駆け寄り、アルナーは大きなメーア布でセナイとアイハンと、その手の中に潜り込んでいたエイマのことを包み込んで……ついでとばかりに私の側へとやってきて、皆で一塊となって暖を取る。

「はやく暖かくならないかなー」

「はるはまだかなー」

一塊となり、メーア布の中でもぞもぞと蠢《うごめ》きながらセナイとアイハンがそう言うと……アルナーがユルトの天井を見上げながら言葉を返す。

「恐らくこれはこの冬最後の吹雪だろう。

冬がこの地を去るのを惜しんで、春にこの地を明け渡すのが嫌で暴れているんだ。

この吹雪を乗り越えさえすれば春はもうすぐそこ……春になって草が生え始めたら、新たな一年の始まり、家畜の世話やユルトの建て替え、服も寝具も全部洗濯する必要があるし、薬草集めをする必要もあるし……増えすぎた黒ギーも狩らなければいけないしで、一気に忙しくなって、寝る暇も無くなってしまうかもしれないな」

するとセナイとアイハンは、メーア布からひょこりと顔を出し、アルナーを真似して天井を見上

げながら……それでも春が来て欲しいのだろう、

「はーる、はーる、早く来てー」

「はるがきてくれたらー、はたけのおせわと、もりのおせわを、がんばるのにー」

と、そんな即興の歌を、ユルトの天井に……雲深く荒れ続ける空に向かって歌い始めるのだった。


ある日の昼下がり、一面に広がる麦畑を眺めながら――――ゴードン

冬に降った雪が溶け始めて、雪の下で冬の寒さを耐えきった麦が少しずつ伸び始めて。

かつての敵地でもあったそこは、今や黄金低地と呼ばれる王国一の穀倉地帯だ。

北を見ても南を見ても、東を見ても西を見ても麦畑しか視界に入らず……収穫期になれば黄金色に輝く麦穂が風に揺れることになるこの場所で懸命に働く人々の姿を眺めながら、騎士となったゴードンは緊張した面持ちで目の前の女性の話に耳を傾けていた。

騎士らしい、それなりに上等でそれなりに見栄えの良いサーコートを身に纏うゴードンの側には、老齢の紳士と呼ぶに相応しい面持ちの……長い白髪をしっかりと首後ろで縛り、長い髭を油でしっかりと固めて、白いシャツと黒いズボンというなんともシンプルな格好のサーシュス公……この辺りを治める公爵の姿があり、老齢とは思えない真っ直ぐな姿勢をした公爵もまた女性の話に耳を傾けている。

「――わたくし、内政が好きなの。だって内政ってとっても素敵なのよ。やればやるほど民が豊かになって、国が豊かになって……皆が幸せになれるんですもの。そんな内政を嫌う人なんている訳無いとわたくしは思うの、立場ある者なら誰しも生まれてから死ぬその時まで内政だけをやっていたいって、そう思うに違いないわ。

……でも国ってそれだけでは、内政をしているだけでは駄目なんだから嫌になっちゃうわ。豊かになればそれを狙う者が出てくる、その豊かさを力で奪おうとする者が出てくる……だから王は、国の主は強くなければならないの。

豊かな民と国全てを守れるくらいに」

そんなことを言う女性は、王族とは思えないなんとも粗雑な服を身につけていた。

体に布を巻きつけて下着として、それをゆったりとした無地のシャツで覆って……その脚はゆったりとしたズボンと長いブーツに包まれている。

そしてそれらの服はつい先程まで畑仕事をしていたかのように土で汚れていて……実際にその女性は、第一王子リチャードの妹である、第一王女イザベルでつい先程まで近くの街に住まう人々の中に入り込んで畑仕事をしていたのだった。

「……リチャードお兄様は悪い人ではないけれど、強い王としては今ひとつ……いえ、ふたつ……

いえ、三つも四つも、それ以上の結構な数、足りなかったの。

だからわたくしは王座を狙う者として……お兄様の前に立ちふさがる者として立つことにしたの。

すんなりと何事もなく王になったりしたら、お父様のように甘えた情けない王になっちゃうかもしれないでしょ？

それなりの敵がいてそれなりの試練があって……そうやって苦労してこそ強い王になれると思ったのよ。

正直わたくしは強い王になってくれるのであればお兄様でなくても、何処の馬の骨とも知れないよそ者が王になっても良かったのだけれど、それで国内が荒れてしまっては元も子もないから……そういう訳でお兄様に狙いを定めて、わたくしと同じ思いを抱くサーシュスと共に行動してきたのよ」

両手を腰にあてて大きく股を開いて、ゴードン達の方に背を向け畑の方へと視線を向けて、畑の側道に堂々と立つイザベルは……適当に縛り、頭の上で固めた長い銀髪についた雑草のくずをそのままに言葉を続けてくる。

「結果としてお兄様はそれなりの候補になってくれたみたいね。

……でもまだ駄目、まだ強い王とは言えない。わたくしのこの畑を守ってくれる強い王とはとても思えない。

……だからわたくし、もう少しだけお兄様の邪魔をしてみようと思うの。

幸いなことにわたくしは女だから、誰かと結婚してその誰かを次の王の候補として……お兄様の敵対者として立てるという強引な手が打てるわ。

……さて、誰が良いかしら？　やはり戦場で鍛えられた男が良いかしら、それとも父親を殺してでも領主になろうとする男が良いかしら？

サーシュス、ゴードン……どう思う？」

そう言ってイザベルは振り返って真っ直ぐな瞳をまずサーシュス公に、そして次にゴードンへと向けてくる。

すると静かに目を伏せたサーシュス公が……少しの間を置いてから声を上げる。

「……イザベル様の夫を選ぶ以上は、やはりイザベル様の想いと、その男が王に相応しいかどうかが肝要かと思います。

どういった男をお好みになり、ご所望になられるかを申し付けてくだされば、こちらで能力のある、王になれるだろう男を何人か選び出し――」

するとイザベルはその言葉の途中で力いっぱいに顔を左右に振って、語気を強めながら言葉を返す。

「そんなことはどうでも良いの。

大事なのはお兄様の前に立ちふさがってくれる男なのか、お兄様を強い王にしてくれる男なのかってことよ。

もしお兄様に何かがあった場合は……失脚した場合はお兄様に代わる王に相応しい男を探すことになるだろうけど、その時のことはその時に考えれば良い話。

今は最有力の候補であるお兄様を強い王にするために必要な駒が手に入りさえすればそれで良いの。

わたくしの想いとか、好みとか、そんなどうでも良いことにかかずらうのはよして頂戴。

「……その男が必要なくなったらどうするか？　そんなのは離縁をしたら良いだけの話でしょ」

その声には力があり……覇気があり、リチャードとはまた違う強さがあり、ゴードンは思わず生唾を飲み込む。

以前の騒動の中でイザベルの妹であるディアーネのことを近くで見ていたゴードンだったが……ディアーネの姉とはとても思えない程にイザベルは強かで、その瞳には何事があっても揺れないだろう確かな意思が宿っていた。

「……先程イザベル様が上げられた候補達を含めての熟考をし、相応しい候補を選び出しますので、少しだけお時間をいただければと思います」

そうサーシュスが返し……イザベルの迫力に負けたのか冷や汗を流しながら沈黙するゴードンを見たイザベルは、少しだけ不満そうにしながらこくりと頷き……振り返って麦畑へと視線を戻す。

「それにしても実地で学んでみるというのは、本当に素晴らしいわね。

今日一日頑張ったおかげで、この土地の豊かさの理由をなんとなく理解することが出来たわ。

……おそらくは北から流れてきている、あの何本かの小川が豊かさの理由ね。水だけでなく土とか色々なものを運んできていて……定期的にそれらを畑に撒いているから土地が痩せないのよ。

家畜の糞だけではなくて更にもう一手加えて、それが結果に繋がっている……うん、本当に見事だわ。

あの街の農夫達はそこら辺のことをあのディアス達に習ったとか言っていたわね……。

敵地を奪って略奪せず、開墾を手伝って知識と技術を与えて……結果があの街って訳ね。

昔はしょぼくれた集落だったそうだけど、それがたったの数年であれだけの街になってしまうのだから……本当に内政っていうのは素晴らしいわね。

……そしてそのことを実地で学んで理解しているだろうディアス……さすが救国の英雄は伊達ではないわね」

それはあくまでイザベルの独り言で……返事を求めての言葉ではなかった。

ゆえに戦時においてディアスのことをそれなりに知っていたサーシュスもゴードンもあえて口を挟みはしなかった。

ディアスがどういう男なのか問われていたなら二人共すぐに答えたのだが……そんな第一王女イザベルがディアスの正確な人となりを知ることになるのは、まだまだ先のことである。

イルク村で――――ディアス

数日後、吹雪が去るとアルナーが言っていた通りに寒さが緩み、太陽が強く照るようになり……春が近づいてきていることを実感出来るようになってきた。

まだまだ雪は残っているが、その表面は見て分かる程に溶け始めていて……数日もしないうちに溶け切ることだろう。

そして暖かくなったのを受けてか、皆の動きが活発になっていって……特に子供達はもう春になったかのような気分で元気に外を駆け回っている。

セナイとアイハンを先頭に、犬人族の子供達の年長組がそれに続き、次に秋に生まれたばかりの年少組が続き、最後にメーアの六つ子達が続き。

年少組もメーア達も、段々と言葉が達者になってきたのもあって、今まで出来なかったような少し難しいというか、複雑な遊びも出来るようになって……今はとにかく遊ぶことが楽しくて仕方ないというか、持てる体力の全てを遊びに回したいと、そんなことを思っているかのようだ。

そんな子供達に刺激を受けてか、冬の終わりを感じ取ってか大人達の動きも活発になり……色々なことが順調に進み始めている。

まずクラウス達の関所は、一応の形が出来上がりつつあるようだ。

関所で働く者達が休むための小屋を建て、大きな門を作り……門の前に領に入ることを望む者を取り調べるための、馬車の荷物を検《あらた》めるための場を作り、そこを覆う屋根を作り。

まだまだ立派な関所とは言えない仮設のものだが、関所としての役割をこなせる形までは出来上がったようだ。

ヒューバート達が進めていた荒野の地図に関しても無事に完成したらしい。

同じ内容の地図を二つ作って、一つは領地獲得の報告のために王都に送られ、一つは私達が保管する。

これであの荒野は正式に私達の領地ということになり……後は岩塩の採取小屋を建てたり、領地であることを主張する立て札などを立てたりしたらとりあえずの作業は終わりということになるそうだ。

これからは定期的に犬人族達が岩塩採取ついでの見回りを行い、折を見てアルナーが生命感知の魔法を仕掛けるなどをして、あの辺りをしっかりと守っていくことになる。

そしてナルバント達の鎧作りは……まぁ、それなりに順調に進んではいるらしい。

ただ加工が難しいというかなんというか、あのよく分からない石を混ぜ込んだ鉄はナルバント達曰く『ひどく頑固』なんだそうで……完成まではもう少しの時間が必要となるそうだ。

それでも春になる頃には出来上がるんだそうで……無事に完成したら、ナルバント達の頑張りを労うためにちょっとした宴を開くのも良いかもしれない。

私が中心になって進めていた厠を新設するための準備も順調に進んでいて、後は雪が溶け切るのを待つばかりだ。

私の貴族に関する勉強と、アルナーの魔法に関する勉強も順調に進んでいて……新顔のメーア達もすっかりとイルク村に馴染んでいるし、多少の発熱程度の騒ぎはあったものの、誰かが病気らしい病気になることもなく冬を越えられたし……何もかもが順調で、憂いなく春を迎えることが出来そうだ。

……まぁ、それでもあえて気になっていることを一つだけ上げるとしたら、それはサーヒィ達のことだろうか。

サーヒィとサーヒィの三人の妻達……。

鷹人族の巣とイルク村を行き来しながらの出稼ぎをしていて……そうしながらサーヒィとの愛を育んでいる妻達だったのだが、サーヒィはどうにも気後れしてしまっているというか、未だに結婚生活に馴染みきれていないらしい。

サーヒィの妻であるリーエスもビーアンネもヘイレセも、サーヒィのことを好いていて猛アピールしているのだが、サーヒィはまだまだ自分は三人に相応しくないと……三人の妻を支える夫として相応しくないと考えているようだ。

狩りをしても三人には勝てず、巣で待っている家族のためにと張り切る三人程の意欲は持てず……。

妻達としてはイルク村という新たな仕事場を……安定して食料を支払ってくれる場を用意してくれただけで十分と考えているようだが、サーヒィ自身はそうは思えずに、サーヒィなりに苦悩しているらしい。

私達からすると地図作りやら見回りやら、サーヒィは十分に頑張ってくれていて、役に立ってくれているのだがなぁ。

……まぁ、ここら辺はゆっくりと時間をかけて解決する……春になってから解決することになる課題という感じだろうか。

そのことを不安に思っているらしい三人の妻達とアルナーがあれこれと相談している所をよく見かけるし……私の方でも折を見てサーヒィに協力してやるというか、相談相手になってやるとしよう。

この件に関してはお互い嫌い合ってのことではなく、好き合っているからこその悩みのようなので、時間をかけさえすれば問題なく解決してくれるはずだ。

……と、そんなことを考えながら厠用の資材の最終確認を倉庫でしていると、そこに犬人族達の子供達……年少組が駆け込んでくる。

その目をきらきらと輝かせ、尻尾をぶんぶんと振り回し……ハッハハッハと荒く息を吐き、もっと楽しいことはないか、もっと楽しい遊びはないかと周囲を忙しなく見回している。

そんな年少組の様子を見て私は、作業を中断し、側へと近寄り……膝を折ってしゃがみ込みながら声をかける。

「こらこら、倉庫は遊び場ではないと何度も言っただろう？

ここには危険なものも多いから、こんな所で遊ぶととっても痛い怪我をしてしまうぞ？

遊ぶなら外で……セナイとアイハンと一緒に、二人が見ている所にしなさい。

二人の言うことを聞いて楽しく遊んだなら、美味しいご飯と暖かい寝床が皆を待っているぞ」

すると年少組は私に叱られてしまったと思ったのだろう、耳と尻尾を垂れてしょんぼりとし始めてしまう。

「ああ、違う違う、皆を叱った訳ではないんだ。

遊ぶなら相応しい場所で……危なくない場所で元気に遊んで欲しいだけなんだ」

そう言って一人一人その頭を撫でてやると、年少組は先程までの態度は何処へやら、目を輝かせながら尻尾を振り回して、もっと撫でてと私にじゃれついてくる。

私はそんな年少組達のことを撫でてやりながら少しずつ倉庫の外へと向かって誘導していって……爽やかな風が吹く青空の下へと押し出してやる。

するとそこに強い風が……暖かく力強く、土臭く少しだけ青臭い風が吹いてきて、それを受けてこてんと転ぶ年少組のことを見て笑いながら、

「ようやくの春風だなぁ」

と、そんなことを呟くのだった。

書き下ろし

蒼穹の狩人

春風が吹いて、積もった雪が溶け始めて……春風に押しやられたのか雲一つない青空が広がって。

そうやって気温がじんわりと上がり始めたある日の昼下がり、広場で元気に……本当に元気いっぱいに駆け回ることで、ようやくやってきた春を堪能しているらしいセナイとアイハンのことを、

「春風に背を押されてるみたいだなぁ」

なんてことを言いながら、春がきたことを喜び、それ以上に安堵しているらしいアルナーと共に見守っていると、存分に駆け回って春の空気を胸いっぱいに吸い込んで、とりあえずの満足をしたらしいセナイとアイハンと、その後ろを少し遅れて追いかけるように駆け回っていたエイマがこちらへと駆け寄ってくる。

「ディアス！　ディアス！　向こうで向こうでお花が咲いてるって！」

「みにいきたい！　おはな！　みにいきたい！」

駆け寄ってくるなりセナイとアイハンがそう言ってきて……私がエイマに何事だ？　との視線を送ると、エイマは上へと……ユルトの屋根へと視線をやって、あっちに聞いてくださいと言わんばかりの表情をしてくる。

するとユルトの屋根で休憩していたらしいサーヒィがバサリと羽音をさせながらこちらに向かって飛んできて……私がくいと腕を上げるとそこに降り立ち、申し訳なさそうな表情でクチバシを開いてくる。

「あー……ちょっと前にあっちの森の近くを飛んでいたら、綺麗な花が咲いているのを見かけてな、

そこら辺のことをベンと話していたら、それをこの二人に聞かれちまったようなんだよ。

この二人に知られてしまえば行きたがるに決まってるのに、油断していたっていうか、そこまで考えが回らなくてなぁ……」

「ああ、なるほど、そういうことか……そういうことならまぁ、皆でその花を見に行くとしようか。今日は特にやることもないし、こんなに良い天気だし……森の辺りなら行き来も楽だろうし」

私がそう言葉を返すと、サーヒィはホッとしたような顔をし、セナイとアイハンは満面の笑みとなり……そうして村中を駆け回って皆に遊びに行こうと声をかけて回る。

かけて回ったものの、急なことなので全員が参加という訳にはいかず、私とアルナー、セナイとアイハンとエイマ、サーヒィとフランシスとフランソワと六つ子達で行くことになり……そうした面々と共にそれぞれの武器を用意するなどの準備をしたなら、ゆっくりと森の方へと向かう。

先頭を行くのはセナイとアイハンで、六つ子達が元気にそれに続いて、そんな子供達を私達大人がゆっくりと追いかけて、サーヒィが上空を飛び回りながら周囲に危険がないかと見張ってくれて。

そうやって森の側まで行くと、森と草原の境目……森なのか草原なのかなんとも言えない辺りに雪が完全に溶け切り、青々とした草が顔を出している一帯があり……そしてその一帯の中央に白くて小さくて可愛らしい花が何本も何本も……数え切れない程に咲き揃っていた。

「おお……綺麗なもんだなぁ……森の中から種が飛んできてここで芽が出たって感じなんだろうか？」

なんて感想を私が口にする中、セナイとアイハンは物凄い勢いでその花の側へと駆けていき、そっと膝をついて顔を近づけ、花の香りを堪能し始める。

すると六つ子達もまた駆けていって、セナイ達の真似をしているのか、その小さな鼻をすんすんと鳴らし始めて……その側にフランシスとフランソワが駆け寄り、セナイ達の側にはアルナーとエイマが駆け寄り……そうして二つのグループが出来上がり、それぞれがそれぞれの方法で、その綺麗な花のことを楽しみ始める。

セナイとアイハンは花を摘んで、それらを編むことで花かんむりを作り始め、アルナーはそんな編み方があるのかと感心し、感心しながらこの花は乾燥させると良い薬になるのとの説明をし始める。

一方、六つ子達は一生懸命に花の匂いを嗅ぎ、何度も何度も嗅いで……そうしてはむりと花に食いついて……余程に美味しかったのか、なんとも言えない良い笑顔を作り出してから花を一生懸命に食し始め……フランシスとフランソワもそんな六つ子達と一緒になって美味しそうに……幸せそうに花を食し始める。

そんな光景を少し離れた所で、私の腕に止まって体を休めているサーヒィと共に眺めていると……何かに気付いたらしいサーヒィが、北の山の方へと視線を向けて……そうしてから私にだけ聞こえる小声で話しかけてくる。

（ディアス、今の声……聞こえたか？）

（いや？　何も聞こえなかったが……何かあったのか？）

私がそう返すとサーヒィは……目を細め、鋭くしながら言葉を返してくる。

（……今、小さくだが狼共の吠え声が聞こえてきたんだよ、春になって餌を求めて動き出したようで……声の響き方からしてどうやら連中はここに向かっているみたいなんだよ。

雪が溶けて草が顔を出して……フランシス達があんなにも美味しそうに食べる花が咲いてるとなれば、色々な草食動物も集まってくるんだろうし、狼達にとってここは良い狩場なのかもしれないな）

（……そうか、なら二人で行って追い払ってくるとしようか、二人だけでは狩ることは出来ないかもしれないが……追い返すくらいならなんとかなるだろう）

肩に担いだ戦斧の柄をしっかりと握りながら私がそう言うと……サーヒィはその顔を左右に振ってから言葉を返してくる。

（いや、ディアスはここで皆のことを守っててくれ。追い返すだけならオレ一人で十分だ。

他の群れの狼とか盗賊とかが現れないとも限らないし……ディアスがいなくなればセナイ達も不安がっちまうだろ？

……折角あんなにも楽しそうにしてるんだからなぁ……セナイ達に気付かれないように、今日という日を台無しにしないように、こっそりと対処してやるってのも、男の甲斐性ってもんだぜ）

なんてことを言ってサーヒィは、クチバシをつんと突き上げて、くいと翼を曲げてのポーズを取ってくる。

サーヒィだけを行かせてしまって大丈夫だろうかという不安はあったが……自信満々といった様子を見せてくるサーヒィを信じることにして、私はこくりと小さく頷く。

するとサーヒィもまた小さく頷いて……そぉっと翼を開き、できるだけ羽音を立てないようにして飛び上がり……そのまま北の方へと飛び去っていく。

その姿を見送りながら私は戦斧の柄をしっかりと掴み……サーヒィが言っていた男の甲斐性のために周囲に視線を巡らせて、警戒心を強めるのだった。

大空を舞いながら――――サーヒィ

意気揚々と飛び立ったサーヒィが、北へと向かって飛び進んでいると……群れとなった狼達が、陣形を組んで耳をピンと立てて、鼻をしつこいくらいに鳴らしながら溶けかけの雪の中を進んでいる光景が視界に入り込んでくる。

群れの数は8、1匹か2匹の狼であれば狩れないこともなかったが、流石に8匹の……これから狩りをしてやろうと神経を研ぎ澄ませている狼が相手となると厄介で……大空を舞いながらサーヒィは、さてどうしたものかと頭を悩ませる。

一度の奇襲で帰ってくれれば良いが、あの様子だとそうもいかなそうで……こちらの位置がバレている状態での二度、三度の奇襲なんてことをしてしまえば、反撃を食らう可能性は嫌でも高くなってしまうことだろう。

狼の牙や爪を一度でも受けてしまったなら、サーヒィの体などたちまちに切り裂かれてしまう訳で、そう考えると心が恐怖に負けてしまいそうになるが……すぐにサーヒィは恐怖を振り払って、心の奥底から勇気を奮い立たせて……その鋭い目でもって獲物へと狙いをつける。

自分は誇り高き狩人だ、いつかはドラゴンを狩ってやるとの志を持つ鷹人族の戦士だ。この程度の連中を相手に恐怖を抱くなんて、そんな有様ではいつまで経ってもドラゴンを狩ることなど出来やしない。

自分のことを頼りにしてくれて、羽根の手入れなどを甲斐甲斐しくしてくれる、妹分のような存在であるセナイとアイハンを守るためにも、ここで恐怖に負ける訳にはいかず……そうして意を決したサーヒィは、翼の角度を変えて、狼達の下へと急降下していく。

急降下し、爪を構え、まだこちらに気付いていない狼の首を狙っての奇襲を仕掛けて……そうしてサーヒィと狼達との死闘が始まるのだった。

戦斧を手に静かに佇みながら―――ディアス

「出来た！　花かんむり！」

「はい、これはフランシスの！」

　セナイとアイハンが同時にそんな声を上げて……フランシスとフランソワの頭にそっと花かんむりを乗せてやる。

　それを受けて笑顔になったフランシスとフランソワは「メァー」「メァメァ」と声を上げてお礼の言葉を口にするが……すぐに目の色を変えてむずむずとその鼻を動かし始める。

　セナイ達にとっては綺麗な花かんむりでも、フランシスとフランソワにとっては美味しい匂いのするごちそうな訳で……しかもそれが鼻のすぐ側に置かれてしまっているとなると、いつまでも我慢が出来るものではない。

　鼻を動かし、何度も動かし、その匂いを……ごちそうの匂いを何度も嗅いで……そうしてついに我慢の限界が来てしまったフランシス達は、頭を軽く振り回して花かんむりを地面に落として、大きな口ではむりと咥えて……なんとも美味しそうに目を細めての良い顔をしながら、もぐもぐと咀嚼し始めてしまう。

「もー！　駄目だよー！　食べちゃったらー！」

「あはははは！　きれいなおはな、なのにー！」

そんなフランシス達を見てそう声を上げて、からからと笑って笑顔を弾けさせるセナイとアイハン。

そんな二人のことをアルナーは微笑みながら見守り、エイマは小さな花を抱きかかえながら一緒になって笑い……六つ子達はそんな騒動など気にもせずに、ただ黙々と周囲の花や草を手当り次第といった様子で食み続ける。

賑やかで平和で、微笑ましくて……思わず笑みがこぼれてしまうそんな光景を、静かに見守っていると……大きな影がこちらに近づいてくるのが視界に入り込む。

それは大空を舞うサーヒィが作り出した影で、どうやら無事に帰ってきてくれたようで……私はくいと腕を上げて、サーヒィのための止り木の代わりとなる。

するとすぐにサーヒィが降りてきて、私の腕をがしりと掴んで……先程まで綺麗だったはずの翼をボロボロにし、息を乱しながらも一言。

「追い返してやったぜ」

と、力強い……誇らしげで自慢げな声を上げてくる。

怪我は無いようだが本当に翼がボロボロで、尾羽根が何本か抜けてしまっていて……よくぞ無事に帰ってきてくれたと、思わずそう思ってしまう姿で……私は思わずサーヒィの身を案じての言葉を口にしてしまいそうになるが……それはぐっと飲み込んで、別の言葉を口にする。

「よくやってくれた、ありがとう」

するとサーヒィは「分かってるじゃねぇか」と、そう言わんばかりの目をこちらに向けてきて……そうしてから笑顔を弾けさせるセナイ達のことをじぃっと見やる。

そうやってセナイ達のことを見やりながら息を整え、乱れた翼を整え、とりあえずの身だしなみを整えたサーヒィは……ゆっくりと顔を上げてしっかりと胸を張り、目の前に広がる光景を静かに見守り続けるのだった。

あとがき

いつもの如くまずはお礼から。

ここまでこの物語を追いかけてくださっている皆様。

小説家になろうにて変わらぬ応援を頂いている皆様。

ファンレターをくださった皆様。

この本に関わってくださる、編集部の皆様を始めとした皆様。

イラストレーターのキンタさん、デザイナーさん。

コミカライズ版を手掛けてくださっているユンボさん、アシスタントの皆様、コミカライズ編集部の皆様。

本当にありがとうございます、ついに6巻目となりました!!

6巻は主に新キャラのサーヒィ関連やら、今までちょいちょいと情報が出ていた荒野関連の内容となっておりまして……ずーっと出したかった鷹と荒野を出すことが出来て、感無量といった感じの巻となっています。

鷹狩と荒野もまた遊牧民と言いますか、モデルにしている地域と関わりが深いものでして、いつか出したい出したいと思っていて、これまでずっとネタをこねくりまわしていた……という感じになっております。

そんな6巻……皆様に楽しんでいただけたなら幸いです。

そして冬が終わって春へと差し掛かって……二年目という大きな節目が近付いてきています。

ディアスがアルナーと出会ったのが春のことで、そしてもう少しで二年目の春がやってくる訳で……ここからの物語にもご期待いただければと思います！


そして、今回あとがきで語るのはファンレターについてでございます。

ファンレター、ファンの皆様からの応援のお手紙のことで、嬉しいことに何通かのファンレターを頂いている現状です。

どれもこれも素敵なお手紙で励みになるやらで、ファイリングした上で定期的に確認させていただいているのですが……お返事のほうは出来ていなかったりします。

出来ていない理由としてはお返事して良いものやら悪いものやら、恐縮しているというのもあるのですが、何より自分は字が下手でして、びっくりするくらいに下手でして……。

こんな下手な字で返事を出すというのもどうなんだよという思いがあり、出せずにいるという感じでございます。

本を出しているのに字が下手とはどういうことだと言われてしまいそうですが……原稿用紙にペンや鉛筆でもって文字を書いていたのはもう、何年も……十数年も前のことでして、仕事でもあまり字を書かない立場にいるものですから、なんというか……はい、いまいちな感じになっているという訳です。

そういう事情でお返事をしていないのですが、筆が止まった時にはこれを見れば解決というくらいの励みにもなっています。

先程も書きましたがファイリングした上で大切にさせて頂いております、とても嬉しく思っております、感謝しております……という、お返事の代わりというとアレですが、そんな感じのことをずっと書きたいと思っていて、今回のあとがきにて書かせていただきました。

改めまして本当に本当にありがとうございます！

ファンレターだけでなくSNSなどで見かける応援コメントなども同様に励みにさせていただいておりますので、これからも皆様の変わらぬ応援をいただければと思います！

そういう訳で書きたいことを書けましたのでここからは7巻のお話でも。

春がやってきた7巻では、主にあの双子達が春を喜び、春の中を駆け回り……そしてまた行商人達がやってきます。

行商人だけでなく以前から話の出ていた者達もやってきて、更にはお隣さん、エルダンのとこでも嬉しいことがあったりなんだりして……ディアス達がついに、領を飛び出しての活躍をする……かも？

春となり二年目となったことでますます盛り上がり、色々な出来事がやってくるイルク村とディアス達の毎日にご期待いただければと思います！

そんな毎日を描く物語を、これからも皆様に楽しんでいただけるよう、私も気合を再充塡して頑張っていきたいと思います！

ではでは、７巻でお会いできることを祈りながら、これにてあとがきを終わらせていただきます。

２０２１年６月　風楼

EARTH STAR NOVEL

領民0人スタートの辺境領主様
Ⅵ　蒼穹の狩人

発行 ―― 2021年7月15日　初版第1刷発行

著者 ―― 風楼

イラストレーター ―― キンタ

装丁デザイン ―― 関 善之＋村田慧太朗（VOLARE inc.）

発行者 ―― 幕内和博

編集 ―― 今井辰実

発行所 ―― 株式会社 アース・スター エンターテイメント
〒141-0021　東京都品川区上大崎 3-1-1
目黒セントラルスクエア　7F
TEL：03-5561-7630
FAX：03-5561-7632
https://www.es-novel.jp/

印刷・製本 ―― 図書印刷株式会社

ISBN 978-4-8030-1539-3